暴れ同心　真壁亮之介 2

魔性の女剣士

工藤堅太郎

風詠社

装画　永井秀樹

目次

【登場人物】

真壁亮之介《まかべりょうのすけ》……………（主人公／隠密同心《おんみつどうしん》）
お静《しず》……………（亮之介の妻／幼馴染の娘）
稲荷《いなり》の丈吉《じょうきち》……………（岡っ引き／前科持ち）
ましらの吉蔵《きちぞう》……………（元盗人《ぬすっと》の髪結い）
大草安房守高好《おおくさあわのかみたかよし》……………（二十六代北町奉行《ぶぎょう》）
北見兵馬《きたみひょうま》……………（定町廻《じょうまちまわ》り同心／お静の弟）
明神下《みょうじんした》の浅吉《あさきち》……………（兵馬の手下／岡っ引き）
忠助《ちゅうすけ》……………（奉行所中間《ちゅうげん》）
平助《へいすけ》……………（居酒屋の亭主）
真壁一郎太《いちろうた》……………（亮之介の父／回想）
お夕《ゆう》……………（遊女《ゆうじょ》）
巳之吉《みのきち》……………（お夕の恋人／錠前師《じょうまえし》）
不知火勘助《しらぬいかんすけ》……………（押し込み強盗団／頭）

登場人物

ユリアお雪《ゆき》……………（肥前天草《ひぜんあまくさ》の宮司《ぐうじ》の娘）
栗栖雪之丞《くりすゆきのじょう》……………（男装の麗人《れいじん》／剣の達人《たつじん》）
吾助爺《ごすけじい》や……………（雪之丞の忠実な下僕《げぼく》）
ヨハネス・パブロ……………（異人の伴天連《バテレン》）
松平伊豆守信順《まつだいらいずのかみのぶより》……………（八代伊豆守当主／勘定《かんじょう》奉行）
竹井武太夫《ぶだゆう》……………（江戸家老《かろう》／側用人《そばようにん》）
森山玄蕃《げんば》……………（用心棒／二天一流《にてんいちりゅう》）
千束与右衛門《せんぞくよえもん》……………（切支丹《キリシタン》旗本《はたもと》）

「魔性の女剣士」の舞台

北
西
東
南
料理茶屋 芳乃家
吉原遊郭
神楽坂 善國寺
神道無念流 練兵館
不忍池
浅草寺
北辰一刀流 玄武館
神田川
大川(隅田川)
料理茶屋 浮草
両国橋
神田
四谷
江戸城
北町奉行所
新大橋
日本橋
八丁堀
永代橋
深川
北辰一刀流 千葉道場
木挽町 居酒屋 平助

序　章

　ずばり、紅毛碧眼《こうもうへきがん》、とは云えなかった。眼は青くはない、鳶色《とび》？　茶色？　青色の小袖の着物に半袴《はかま》の腰には、細身の大小二刀を手挟《たばさ》み、月代《さかやき》は剃らず、総髪を撫で付けた茶筅髷風《ちゃせんまげふう》で、毛の先を馬の尻尾のように束ねて後ろへ垂らしている。何よりもひと目で女と見紛《みまご》う、白皙《はくせき》の面に、紅を引いたような紅い口唇《こうしん》――、おそらく、異人との混血であろう。そ奴、否《いな》、男ではない女性《にょしょう》だ。

　身の丈五尺四寸（一六二センチ）はあろうか、大柄な躰《からだ》が今、野生のカモシカのように駆けて、ここ神楽坂《かぐらざか》・善國寺《ぜんこくじ》の境内《けいだい》を袂《たもと》をひらめかせ、風を切って走る、奔《はし》る。その前方四、五間（約九メートル）先を、足をもつれさせて二人の中年の武士が逃げて行く。

「拙者《せっしゃ》は知らんッ。拙者はそんなことに関わっては居らんぞォ」

　と、一人の三十過ぎと見える硬骨の武士が引き攣《つ》った声で喚《わめ》き、もう一人の四十を越した半白髪《はんじらが》の武士が逃げ乍《なが》ら鯉口《こいくち》を切り、抜刀した。その距離は見る間に縮《ちぢ》まって、武士が後ろを振り返ったその時には――。その若侍が飛鳥《ひちょう》の如《ごと》く跳躍《ちょうやく》し、六尺（一・八メートル）の高さは飛んで、宙空《ちゅうくう》で抜き放った細身の剣が、春の陽射《ひざ》しに煌《きら》めいて、ギラッと一度閃《ひらめ》いた。

逃げる背後から頸根《くびね》を断ち斬られた半白髪の武士は、血飛沫《しぶき》を噴き出し乍ら顔面から地に突っ込み、直ぐに息絶えた。急所の頸の血脈《けつみゃく》を斬り裂かれたのだから、ひとたまりもない。

もう一人の武士が向き直って白刃《しらは》を正眼に構え、立ち向かう気概を見せて喚いた。

「き、貴様、誰だ！　名乗れッ、な、何の遺恨《いこん》だ！」

眼は血走り、舌は縺《もつ》れて、喘《あえ》いでいる。刀は前に構えてはいるが、へっぴり腰だ。

前に立ちはだかった若侍が、低い何の感情も籠らぬ声で応えた。

「私は栗栖雪之丞《くりすゆきのじょう》！　二百年の遺恨を、冥途《めいど》で思い出し乍ら死ねッ」

右手に握った細身の剣尖が、その武士の眼前に突き出され、ピタッと眉間を狙った。切っ先がゆっくりと円を描き始めた。と、どうだ。その武士の眼は魅入られたように、否、その剣尖に吸い込まれたように朦朧《もうろう》となって、光を失った。その武士は、気を振り払うように頭をブルッと振り、捨て鉢となった態《てい》で刀を上段に振り上げ、斬り込んだ。

と、若侍の躊躇《ためら》いのない剣が無造作《むぞうさ》にズブリと胸に突き込まれた。侍は切り結ぶことも叶わず、ただ木偶《でく》のように斬られて虚空《こくう》を掻きむしって後ろへのけ反って倒れ、最早《もはや》息のない骸《むくろ》と化した――。躰《からだ》の下に流れ出た血溜まりが、じわじわと境内の玉砂利を濡らして拡がって行く。

若侍は何の感情も見せず、冷たい眼差《まなざ》しで見下ろしている。

亮之介《りょうのすけ》が、父、一郎太《いちろうた》の七回忌の命日に、菩提寺《ぼだいじ》のここ神楽坂、善國寺に女房お静《しず》を伴って訪れ、墓参を終えて帰る途中の、眼前で起こった突然のこの刃傷沙汰《にんじょうざた》だった――。

　水桶と線香を手に提げたお静が、亮之介の背に隠れるように身を寄せ、顔を後ろから覗《のぞ》かせている。亮之介はこの白昼の惨劇を凝視《ぎょうし》した。栗栖雪之丞と名乗った侍、剣の腕は確かだ。あの寒気を覚えるような斬り様は、余程剣術の鍛錬を積んだ手練《てだ》れの腕だ。

　然《しか》し不思議な剣を遣う。見たこともない獣を思わす跳躍力《ちょうやくりょく》――岩山を跳《は》ね飛ぶ鹿の如き飛翔――そして、眼前に突き出し、小さな円を描く剣尖――向かい合う敵を幻惑するというか、麻痺させるというか、云わば、妖剣《ようけん》と云っていいだろう。

（俺より勝《まさ》るかも知れぬ……もしかしたら俺を凌駕《りょうが》する手練《しゅれん》の技を持っているやも知れぬ）

　達人は達人を知る……負けるかも知れぬと予感した時、亮之介の背を慄然《りつぜん》と泡立つ気配がゾゾッと這い上った。然し、あの細身の刀ならば、秘剣〈龍飛剣〉を遣えば、必ずや打ち斃《たお》せる。

地摺り下段から擦り上げ打ち合えば、必ずや折れる！　重ねの厚い備前長船《びぜんおさふね》の剛剣の斬り込みに耐えられる強さがあろう筈《はず》がない！　亮之介は我知らず、胸の裡《うち》で切り結んでいた。

　――我に返り、眼を遣《や》れば、若侍は　見下ろしていた二人の武士の絶命を確認してから、初めて眼を上げ、四囲《しい》を見渡した。その鳶《とび》色の眸《ひとみ》と、亮之介の漆黒《しっこく》の眸が見合った。絡《から》み合った。

ビリビリッと見えない電光が奔《はし》った感じ――。刺すような眼差《まなざ》しが鋭い。お互いが、その存在を眼に焼き付けるだけの数瞬の間があった。

　亮之介はハタと思い出した――。

第一章　紅毛碧眼《こうもうへきがん》の女

一

ひと月程前——あの時は、武士ではなかった、うら若い女性《にょしょう》であった。

弥生《やよい》三月初め、春はもうそこに近付いていたが、まだ冷たい風が身に沁みる頃——。

北町奉行大草安房守《おおくさあわのかみ》から隠密の命《めい》を受け、御朱印船《ごしゅいんせん》の密貿易を探索《たんさく》するため、小田原への一人旅であった。というのも、岡っ引き稲荷《いなり》の丈吉《じょうきち》は女房のお袖《そで》が身ごもり、臨月で、今日明日にも赤子《あかご》が生まれるかという瀬戸際であった。付いて来るというのを無理にも押し留め、

「身重《みおも》の女房の傍に付いて、看てやれ」

と命じて、吉蔵《きちぞう》にも、

「髪結いの仕事以外に、お静と丈吉の手足となって手伝ってやれ。俺はたった二晩泊まりの物《もの》見遊山《みゆさん》みてぇな御用だ」

と旅発《たびだ》っての気楽な一人旅だったのだ。

東海道を品川宿《しながわしゅく》から、川崎《かわさき》、保土ケ谷《ほどがや》、戸塚《とつか》を過ぎて、江戸から二十里（約八十キロ）上方《かみがた》、相州《そうしゅう》小田原の城下町で二晩目の宿を取った。

隠密探索の使命も大過《たいか》なく果たして、あとは、急ぐ旅でもなし、ここ箱根まで初めて来たのだ、ゆっくりと湯治場《とうじば》とやらで身を温め、今まで酷使した躰を癒《いや》してやるかと、小田原宿を後にして、箱根山を塔ノ沢《とうのさわ》、強羅《ごうら》、大涌谷《おおわくだに》、芦之湯《あし》へと足を延ばした。

一つ気がとがめたのは、お静を伴っての夫婦水入らずの湯治旅であったら、どんなにかお静が喜んだだろうという思いだったが、まぁ、お役目第一だと、自身で納得させた。

名《な》にし負《お》う箱根の山に足を踏み入れると、天にも届かんばかりに聳《そび》え立つ天下の険と謳《うた》われた芦ノ湖に落ちる千尋《せんじん》の谷。真近に雪を頂く富士の霊峰《れいほう》――。空は澄み切って青々と晴れ渡り、気分もスッキリとして爽快であった。

昼尚暗い石畳の杉並木をゆったりと歩んで行く亮之介の足が、突如止まった。その鬱蒼《うっそう》とした杉木立の中へ一人の若い女性を担ぎ上げて、四人の駕籠舁《かごかき》が分け入って行くのを目撃したのだ。空駕籠が二挺《ちょう》道端に放り出してあった。

雲助《くもすけ》たちが若い女性に狼藉《ろうぜき》に及ぼうとの企みを、咄嗟《とっさ》に見破った。

女はぐったりとして、抵抗の気配も見えない。恐怖のためか、何処か躰が悪いのか、助けを求める叫び声も出せぬのか……。亮之介は後を追って、杉木立に分け入った。当身《あてみ》を喰らって雑草の生い茂った野っ原に、やや広い空き地が拡がっていた。そこへ女の体を投げ出し、手《て》籠《ご》めにしようとの魂胆《こんたん》ありありで、手荒く帯を解《ほど》き、裸にひん剥《む》くと、雲助の一人が驚きの声を上げた。

「オイこいつぁ……毛唐《けとう》の合いの子だぜッ。それもとびっきりの上玉《じょうだま》だぁ。どうでぇ、この色の白さは！ 肌の白さは七難《しちなん》隠すってなぁ……、まるで雪みてぇだ。おいらが一番に頂くぜ。テッヘッヘッヘッヘ」

涎《よだれ》が垂れそうな顔で舌なめずりして圧《の》し掛かった。

「おい、雲助野郎どもッ、悪さは止めねえか！」

亮之介が杉の大木の陰から静かに声を掛けた。

ギョッとして振り向いたむさ苦しい四人の駕籠舁《かごかき》たちが、亮之介を眼に止めるや黄色い歯を剥き出して喚いた。

「何だテメエはッ、邪魔しようってのか！ サンピンは引っ込んでろい！」

このまだ肌寒い三月、旅装も整えず、袴《はかま》も羽織も着ずに紬《つむぎ》の袷《あわせ》一枚の着流し姿の亮之介を見て、優男《やさおとこ》と侮《あなど》って舐《な》めて掛かったのだろう。息杖《いきづえ》を手に手に薄笑いを浮かべ、鼠《ねずみ》をいたぶる野良猫の如くに、ゆっくりと亮之介を取り囲んだ。

亮之介は思った――。

江戸を遠く離れたこんな相州箱根の地で、悪さをする破落戸《ごろつき》雲助を斬り捨てていいものかどうか……こ奴ら雲助はせいぜい、弱い者と見たらタカリ、ぼったくりを繰り返し、女は強姦するという旅人を泣かせる元凶だろう。然し、斬り捨てる程の極悪人でもなく、生きていれば又、善人を泣かせ苦しめることは分かっているのだが、亮之介にとっては思案の為所《しどころ》であった。

（旅の恥は掻き捨て？　斬り捨て？　これが恥か？）

詰まらぬ考えに囚《とら》われていると、雲助が、「野郎ッ」「くたばれッ」の怒声と共に、息杖《いきづえ》ぶん回して襲い掛かって来た。

刹那《せつな》、鯉口切った柄《つか》を鷲掴《わしづか》みにして抜刀し、峰打ちで急所を外してぶっ叩いた。一人はあばら骨が三、四本、もう一人は鎖骨《さこつ》が折れて悲鳴を上げてぶっ倒れた。峰打ちでも、脳天を打ち頭骨をぶっ叩けば絶命するだろう。それは止《や》めた。せいぜい手向かい出来なくすればよい。

斬る心算《つもり》ならば柄には指四本を掛けて抜刀する。抜かれた刃《やいば》は、どう振るっても敵に向いているのだ。拳で握って抜刀すれば峰で打つことになる。息の根を止める心算《つもり》は無いので、急所を外した峰打ちだっだ。

娘の難儀を救い、雲助どもを懲《こ》らしめるだけでいい。残った二人の駕籠舁《かごかき》も飛鳥の速さで前後にぶちのめし、四人の荒くれ男が足元にのたくった。柄にもなく女子供のように悲鳴を上げ、痛さに呻《うめ》き転げ回るのをよそに、まず娘の剥ぎ取られ散らばった着物を拾い集め、裸に剥かれた躰に掛け、蔽《おお》ってやった。絹で誂《あつら》えた上等な着物。帯も然《しか》り。身分の高さが知れた。

成程《なるほど》、雪のように白い滑らかな肌、均整の取れたしなやかな肢体、見事な乳房の隆起、両腿の間の髪の毛と同じ赤茶けた恥毛が眼を射た。

うむ？　雑草の中に帯の下に転がっている女物の小刀が一振り――。

奇異な感を抱いた亮之介ではあったが、屈《かが》んで女を覗《のぞ》き込んだ。良い香りが鼻を打った。匂い袋か？　麝香《じゃこう》、丁字《ちょうじ》、白檀《びゃくだん》、抹香《まっこう》、甘松《かんしょう》などを粉砕調合したものを布袋に入れて身に着けているのだ――男なら思わず魅《ひ》き寄せられる甘く芳《かぐわ》しい香りを辺りに放っていた。

改めて見れば、駕籠舁《かごかき》らの云う通り、異人との混血だった。赤茶けた髪の毛、白蝋《はくろう》の如く透き通った肌の白さ、鼻筋の通った彫りの深い面立ち、眼の色は閉じているから分からない。苦《く》悶《もん》の表情に眉が寄せられ、喰い縛った歯の隙間から苦しげな呻き声が漏れ聞こえる。息もせわしない。

「おい、娘ッ、聞こえるか？　何処が痛い、何処が苦しい？」

亮之介の訊《たず》ねる声に微《かす》かに反応し、きつく閉じられた瞼《まぶた》がうっすらと開いた。

「気をしっかり持て。もう大丈夫だ、雲助からは助けたぞ。癪《しゃく》か、心の臓か」

娘は何も云わず、左手の白魚《しらうお》のような長い指がそっと自らの心の臓を押さえた。亮之介に医術の心得はない。腹痛、胃の癪《しゃく》の痛みではないらしい。

とりあえず腰帯《こしおび》に挟んだ印籠を外し、気付け薬の〈金應丹《きんおうたん》〉と呼ばれる丸薬を取り出し、三粒程娘の歯の間に押し込んだ。腰に吊るした竹筒から水を注《そそ》ぐが、飲み込まない。仕方がない、我が口に水を含み、抱え起こし、通常なら瑞々《みずみず》しい紅色であろう、今は色を失った唇に押し当て、無理にも押し開け丸薬を口移しで飲み込ませた。娘の瞼がうっすらと開いて亮之介の顔を見遣《みや》った。鳶《とび》色の瞳をしていた。

周りから雲助たちが、折れた骨の箇所を抱え込み乍らも、卑猥《ひわい》な下卑《げび》た言葉を投げ掛けた。

「旦那ァ、役得《やくとく》で御座んすねぇ！　こっちにお裾分けはねぇんですかい？」

「莫《ば》っ迦野郎《かやろう》ッ、生きるか死ぬかの瀬戸際だったんだ。テメエたちはこんな、か弱い病弱の娘を手籠めにしようとしやがったんだぞ。人の心と情けを持っちゃいねえのか！」

まだ軽症の駕籠舁《かごかき》二人を指差し、亮之介が云った。

「おい、お前とお前、テメエたちの駕籠を此処まで担いで来いッ。逃げようなんて思うなよ。こっちの二人は人質だ。戻って来なけりゃ、こいつらを叩っ斬る。早く駕籠を取って来いッ」

チェッ、と不満たらたらの態《てい》で、足を引き摺り腰を揉み乍ら、二人の雲助が渋々と街道の方へ去って行った。

待つ間に娘の顔色に赤みが差し、息も穏やかに平静になって来たのが見て取れた。やがて、駕籠舁二人が重そうに、やっとこさ、の感じで空駕籠を担いで戻って来た。

「よし、娘に着物を着せて駕籠に乗せろ。近くの湯治場は何処だ。そこまで担げ。駄賃はやらねえぞ。途中で妙な気を起こしてみやがれ。容赦なくぶった斬る！　さあ、さっさと担げ」

娘を乗せたよれよれの駕籠と、肋骨と鎖骨の折れた躰で、懸命に空駕籠も一挺担いで一行が辿り着いたのは、箱根七湯の一つ、芦之湯の〈富士屋〉という旅籠《はたご》であった。

暖簾《のれん》を撥《は》ねて娘を担ぎ込むと、宿の番頭、女中たちは驚きの目を見張って二人を迎え入れた。

旅姿ではない着流しの侍と、着崩れた異人と見える娘の二人連れを訝《いぶか》った。それも、青息吐息《あおいきといき》の地元の顔馴染みの駕籠舁二人に担がれての御入来《ごにゅうらい》だったから尚更だ。

とりあえず二部屋を頼んだが、番頭が恐れ入った風情《ふぜい》で亮之介に言上《ごんじょう》した。

「お武家様、ご病弱の娘御とふた部屋に分かれてのお泊まりでは、何ぞ事が起こりました場合、当方では、責任が持てませせぬゆえ、何卒、御同室でのお泊まりをお願い申し上げます」

「もっともだ。番頭、此の湯治場に医師は居らぬか？ 居るならば、直ぐにも往診を頼みたいのだが……」

芦ノ湖の関所まで片道二里（約八キロ）行かねば居ないとの返答に、亮之介も腹を括《くく》った。往復で二刻（四時間）は掛かる。

（よし、今宵は俺がこの娘の面倒を看よう）と。

頬に朱色も差し、穏やかな様子を取り戻して布団に横たわる娘に声を掛けた。

「娘さん、もう落ち着いたかい？ 心の臓の病《やまい》か？ 腹痛、胃の痛みじゃなさそうだった。俺は医術についちゃぁ、からっきしの門外漢でチンプンカンプン、何にも分からねえんだ、済まねえ」

その言い方が可笑《おか》しかったのか、娘が布団を口元まで引き上げクスッと笑った。

艶《あで》やかな美貌の面影が幼い可愛らしさを醸《かも》し出した。それを見て亮之介もホッと安堵し、優しく問い掛けた。

「娘さん、名は何という？　何処かからの旅の途中かい？」

「はい、私は雪と申しますばい。肥前《ひぜん》長崎から江戸への旅の途中ですとばい」

「そりゃ又、どエラい遠いところから来たもんだ……一人旅でかい？」

「いえ、爺《じい》やの吾助《ごすけ》と申す従者がおりますばい。ばってん、江戸までの路銀《ろぎん》を三島の宿で、護摩《ごま》の灰《はい》に盗まれたとばい。爺やは取り返すためにその護摩の灰の後を追って取り返すと云って、箱根山の登り口で別れたとよ」

突如、気を許したのか親し気な長崎弁に変わって、その訛《なま》りが可愛かった。

「ふ～ん、護摩の灰の目星が付いてるのか？　見付けたところで、そんな年寄りでどうなる？　それに、お雪さん、お前さんがこんな病で倒れたこと、雲助に襲われたこと、俺に救われて、今、ここ芦之湯の〈富士屋〉に泊まったことをどう知らせるんでぇ？」

亮之介もいつもの伝法《でんぽう》なべらんめえ口調になり、膝を崩して云った。

お雪が薄く微笑《ほほえ》んで云った。

「心配せんでよか。吾助は、生まれた時から私を育ててくれとる爺やですばい。背も曲がって小さか年寄りたい。ばってん、そがん強かことと云うたら、その辺の男は歯が立ちまっしぇん。私のこの匂い袋と勘で、私の居所は直ぐにも嗅ぎ付けるとよ。私は安心しとっと」

「お雪さん、この持病というのか、心の臓の痛みは時々起こるのかい？」

「はい、生まれながらの病とよ。どげんお医者に診せるとも、どがんもこがんもならんとね。

もう諦めとるけん……もう十九歳になるばってん」

憂いを含んだその彫りの深い顔が眼を伏せ、静かに吐息をついた。そして、その鳶《とび》色の眸《ひとみ》が亮之介の眼を真っ直ぐに捉えて真摯《しんし》に云った。

「お侍様、お名前を御聞かせ下さりまっせぇ。私は天草烏山神社《あまくさからすやまじんじゃ》の宮司《ぐうじ》の娘ですたい。お侍様は？」

何も隠す謂《いわ》れは無い。

「俺は真壁亮之介という、江戸は北町奉行所の同心だ」

一瞬、お雪の表情が硬くなったのは見間違《みまちが》いであったか……。

「お役人様……？」

呟《つぶや》いたその顔が寂しそうに見えたのも、亮之介の思い過ごしであったか……。

その時、廊下から番頭の声がひっそりと遠慮気味に聞こえた。

「お連れ様がご到着で御座います」

障子が開くと、廊下の薄暗い架け行燈《あんどん》の灯りの陰から、背に瘤《こぶ》を背負ったような身の丈五尺足らずの小男が忽然《こつぜん》と姿を現した。額と頬骨が異常に突き出し、その下のゲジゲジ眉毛の下に光る窪んだ眼から涙を一杯に溜めてお雪を見詰めた。

「嬢様ぁッ、御無事でッ」

と部屋に転げ込むように入り、畳に握り拳を擦り付けて端座《たんざ》し、その双眸《そうぼう》からハラハラと涙が溢れた。

「爺ィ、吾助。このお方に助けて頂いたとやけん。真壁亮之介様たい。お礼をしよっとね」

吾助と呼ばれた従者は、顔と体の向きを変え、亮之介に正対し、心からの謝意を表した。

「有難う御座いますたい。嬢様をお助け頂いて、お礼の申し上げようも御座りましぇん。途中、心の臓の病が起こり、雲助たちに襲われたと耳にした時は、生きた心地もせんかったばってぇ、それをこちらのお武家様に救われたと聞き、胸撫で下ろしてこげんして探し当て、参上致しましたとやけん」

しわがれた低い声で朴訥《ぼくとつ》に語るその口は、出っ歯の乱杭歯《らんぐいば》で、醜悪な御面相は思わず同情したくなる程だ。然し、岩の塊のようながっしりした体躯の小男が、如何《いか》にお雪に愛情を注《そそ》いでいるかが察せられる風情であった。

「爺や、それで直ぐに護摩の灰を見付け、お父《とう》しゃまから頂いた、二人分の路銀《ろぎん》は取り戻せたんなら？」

「はい、そいはもう……知らぬ存ぜぬと云い張りますばってェ、喉笛引っ掴んで海岸の岩に叩き付けて奪い返しましたとばい。ご安心下され」

と懐《ふところ》を自信たっぷりにポンと叩いた。

「そうね。爺やの癇癪《かんしゃく》が又爆発したとね。しょんなかねえ」

亮之介にはこの二人の間に通じ合う親愛の情が計れるだけに、直ぐにも座を立ち上がり乍ら云った。

「兎《と》に角《かく》良かった。俺は部屋を取り直そう。お雪さん、身体が良くなることを祈っている」

障子を閉める前に見た、お雪の縋《すが》るような表情が暫《しばら》くの間、心に残った……。

——あれから、ひと月。

二

今、眼前で二人の武士を叩き斬った後、見合った瞬間、この俺をあの箱根峠《とうげ》で会った亮之介と判別し、確認した筈だ。然し、その表情には何の変化もなかった。

何事もなかったかのように、ツと視線を外して踵《きびす》を返し、山門へ向かって歩き出した。その姿も、大股で、颯爽《さっそう》として迷いのない足取りだった。あの時のお雪と同一人物とは思えない——。

だが確かに、栗栖雪之丞に男装したお雪だ。

と、何処からだろう突如、背に瘤を背負ったように曲がった白髪老年の小男が現れ、チョコチョコとガニ股で後を追って来て、共に山門を潜《くぐ》って消えた。爺やの吾助だった。

お静が肩越しに覗いて云った。

「お前様《まえさま》、いいんですか? このまま行かせてしまって?」

「留めるだけの謂《いわ》れがない。俺は定町廻《じょうまちまわ》り同心じゃねえからな。黙って去らせるより仕方ねえだろう」

「ねえ、お前様《まえさま》、今のご浪人さんは、異人さんですか？　髪の毛が赤茶色だった……」

「眼の色も茶色だったろう。それに女だ」

「えっ？　女？」

「ほら、ひと月も前だったか、箱根で出遭った娘の話、覚えてるかい」

「ああ、あの時聞いた、肥前天草の……そうですよねえ、私たちのように、行儀見習いを躾《しつけ》られた内股で小幅での歩き方ではなかったですもの……うっとりするような美形《びけい》のお侍だった……」

「おいおいお静、気になることを云うじゃねえか」

「あらお前様、妬《や》いているのですか？　嬉しいッ」

「莫《ば》っ迦野郎《かやろう》、何を云ってやがる……」

最早《もはや》、その姿は山門に消えて、残像を見るばかりだ。

その時、寺の住職と思《おぼ》しき僧侶が小坊主に先導され、あたふたと駆け付けて云った。

「お武家様、何が起こったので御座いますか。当寺の境内でこのように血生臭《ちなまぐさ》い剣撃騒ぎが起ころうとは！」

「和尚《おしょう》、それがしは、そうは見えねぇだろうが北町奉行所の同心、真壁亮之介と申す者、本日は父の墓参に当寺を訪れ、この騒ぎに遭遇した。そこの小坊主さんを走らせて、近くの自身番《じしんばん》に知らせてやっちゃくれめえか。検視には、俺が立ち会う」

僧侶の顔には安堵の色が浮かび、早速傍の小僧に言い付けた。

「これ珍念や、急いで牛込御門の番屋までお届けして来なさい。急いでな」

へ～い、と小僧が手に持つ竹箒《ぼうき》と塵《ちり》取りを放り出して、駆け出した。

向き直った僧侶が柔和な表情を崩して、

「ささ、庫裡《くり》の方で茶など進ぜましょう。お内儀《ないぎ》様かな、どうぞ、こちらへ」

「おぅ、お静、そうして頂きな。おめえが休んでいる間にチョイと視ておかねえとな、役人としての役目だ」

「偶然にもお役人様がお出《い》でなされて、拙僧《せっそう》も胸撫で下ろしておりまする。何卒、よしなにお取り計らい下さいますよう。さあお内儀、こちらへどうぞ」

お静が僧侶に案内されて去った後、亮之介は屈《かが》み込んで、二つの死骸を見下ろした。

急所を狙った凄絶な切り口で、その練達《れんたつ》の腕が窺《うかが》い知れた。殺《や》られた骸《むくろ》は、五つ紋の黒羽織を着て、定寸《じょうすん》の刃渡《はわた》り二尺二寸五分（六十七・五センチ）の大刀と、脇差《わきざし》を帯刀し、白扇を帯に差し、何処ぞの藩の由緒《ゆいしょ》正しき家臣であることが判別出来る。

もう一人の武士の腰に、家紋入りの印籠を発見した。後々、目付の検視があるであろうから、町奉行所の同心が証拠の品を持ち去ることは出来ぬと、矢立《やたて》を抜いて、折り畳んだ膝の上で紋所《もんどころ》を懐紙《かいし》に書き写し始めた。ところへ、ガラガラと騒々《そうぞう》しい音をさせて、大八車を曳《ひ》いて年老いたのと若い番太《ばんた》が二人、町役《ちょうやく》が一人付き添って、小坊主の先導で息せき切って山門から入って来た。町役の爺が慇懃《いんぎん》に低頭して、

「ご苦労様で御座います。丁度お役人様がお出でになられたとは……いやぁ、凄まじい斬りザマで御座いますなぁ」

と、骸《むくろ》を覗き込んで怖気《おぞけ》を震って呟《つぶや》いた。亮之介は、町役に己の身分を証《あか》し、その場を離れ
亮之介の気分は落ち込んでいた。七回忌に、父一郎太の墓参りを済ませて、嫌でも七年前の庫裡のお静を迎えてから、八丁堀組屋敷への帰途に就いた。

あの、忘れようにも忘れられぬ出来事が脳裏を駆け巡るのだ。


亮之介二十一歳の年――。

亮之介は幼き頃より、父の厳しい薫陶《くんとう》を得て、武芸百般《ぶげいひゃっぱん》、剣術は云うに及ばず、弓、鎗《やり》、小太刀《こだち》、手裏剣《しゅりけん》、柔《やわら》、水練《すいれん》、馬術と武士として身に付けておかねばならぬと思われる素養はすべて教えられた。それらをするのが好きであったということもあるが、亮之介の腕前はめきめきと上達し、元服《げんぷく》の十五歳の時には父を凌《しの》いでいた。その天賦の才が花開き、神田お玉ヶ池に在る北辰一刀流、千葉周作の玄武館《げんぶかん》道場に通うようになってからは、尚一層剣名を高め、〈玄《げん》武館《ぶかん》〉の小天狗、麒麟《きりん》児《じ》の名を恣《ほしいまま》にしたのだ。

その凄まじい天稟《てんぴん》の剣捌《さば》きは並ぶ者無き熟達者として、師をして実子栄次郎と道三郎が存在

するのも構わず、養子にと望まれた程であった。父一郎太はその申し出を体《てい》よくお断わりした。亮之介は、八丁堀組屋敷内では、部屋住みの冷や飯喰いの風来坊と揶揄《やゆ》されたが、気にもせず放蕩無頼《ほうとうぶらい》の暮らしに甘んじていた。そんな矢先に、父一郎太の切腹のご沙汰であった——。

盗賊〈不知火組《しらぬいぐみ》〉を、奉行所仲間の同心与力に知らせず一人で追い続け、取り逃がした、という仕儀で問い詰められ、この裁きに至ったのだ。蟄居閉門《ちっきょへいもん》、お家取り潰しまでには至らなかったが、理不尽な取り扱いだった。

幕閣よりその命が下り、覚悟を決めた父の粛然《しゅくぜん》と死を迎え入れようとの、武士としての備えには何ものをも恐れぬ矜持《きょうじ》が感じ取れた。かの肥前《ひぜん》の国佐賀《さが》鍋島《なべしま》藩士、山本常朝《やまもとつねとも》が武士の心得を著した『葉隠《はがくれ》』の一節にある『武士道と云ふは死ぬことと見付けたり』の覚悟を実践したのだ。そして、父が　亮之介に命じたのは、己の切腹の介錯《かいしゃく》であった——。

息子の自分が、我が父の首を斬り落とすなど……、武士の生き方を叩き込まれた身ではあったが……。物心付いてから、初めて涙した。そして懇願した。

『父上、それは余りに惨《むご》い、私には父上の首を斬り落とすなど、出来よう筈も御座いませぬ。何卒、何卒……』

噛み締めた唇が裂けて血が零《こぼ》れた。

『よし、亮之介、では父の最期を目に焼き付けておけ。武士の身の処し方を、しかとな』

——武士の切腹は陽が落ち、暮れてから行われるのが仕来《しきた》りであった。

二基の白木の燭台《しょくだい》が立ち、灯りが揺れる部屋で、畳二枚を裏返しにして白布で覆った上に屋敷の北面に座した父――。公儀検死役人が二人床几《しょうぎ》に座して相対している。白無地の小袖を左前に着て浅葱《あさぎ》色の裃《かみしも》、袴《はかま》に正装した父が、裃の肩衣《かたぎぬ》を撥《は》ね膝に巻き、三方《さんぽう》の上に置かれた懐紙で巻いた短刀を手に取った。宙空に眼を据えて『いざ』とひと言、一瞬の躊躇《ためら》いもなく、薄絹一枚着た左腹に短刀を突き立てた。

刹那、血飛沫がひと筋霧の如くに散った。その後じわじわと血が沸き零れるように流れ出る。父の喰い縛った奥歯がキリキリと鳴った。呻《うめ》きは漏らさない。左から右へギリギリと引き裂いて行く。廊下に跪《ひざまず》き、拳を固く握って見詰める亮之介の眼《まなこ》は、血が噴き出しそうな双眸《そうぼう》に変わっていた。腹から抜いた短刀を左頸筋《くびすじ》に当て、亮之介の眼をしっかと見詰めて父は、

『亮之介、正義を生きよ！　さらばじゃ』

と呟《つぶや》いて血脈《けつみゃく》を引き斬った。

頸筋から噴出した鮮血が、背後に立てられた逆さ屛風《びょうぶ》にピュッと斜めに奔《はし》った。介錯《かいしゃく》人の白刃が振り下ろされた――喉皮一枚残して、頸は抱き首にガクリと父の膝上へ落ちた。ゆっくりと前方に躰が傾き、血溜まりに突っ伏した。

――見事な父の最期であった。亮之介はこの時、声を殺して思い切り落涙した。武士として生きることの残酷さを、否、死なねばならぬ無念さを、理不尽な死を思い知った。亮之介がどんなに苦悩し、焦燥し、絶望し、狂奔《きょうほん》したことか！　以来、泣いたことは一度もない――。

今日、菩提寺善國寺に詣《もう》でて、久し振りに父の最期の姿が脳裏に蘇《よみがえ》り、沈んだ気分に落ち込んでいたのだ。それが帰途、あの惨殺場面に遭遇した。

お静を組屋敷に送って、直ぐ北町奉行所を訪《おとな》った。出迎えた中間《ちゅうげん》、忠助《ちゅうすけ》が、

「真壁様、本日は遅駆《おそがけ》のお越しで……殿様はお白洲《しらす》での裁決を一件お済ましなされて、只今は奥で御休息中で御座います。ささ、どうぞ、案内《あない》致しましょう」

「忠助、その前に調べてぇことがある。書庫へ寄りてぇんだが」

「畏《かしこ》まりました。ささ、どうぞ」

「おぅ、忠助、勝手知ったる何とかだよ。案内《あない》は要らねぇ。勝手に通るぜ」

「恐れ入ります。では、お上がり下さいませ」

丁重な忠助の挨拶を背に受けて長い廊下を奥へ進み、例繰方納戸《れいくりかたなんど》を訪れた。

中庭には桃の花が咲いていたが、もう桜の季節に移ろっていた。

例繰方では、与力二名と同心二名が静かに書類を繰《く》っている。いつもの風景だ。声を掛けた。

「御用繁多の折、申し訳御座らぬが、火急に調べたき事案あり、武鑑をお見せ願えませぬか」

「おぅ、真壁殿、差し迫った急用で御座るかな。それがしたちも手を御貸し申そう。如何な用件かな」

与力の高木平左衛門が親切に申し出てくれた。

「相済みません。実は、この家紋を調べたいのですが……」

懐から皺くちゃになった、例の印籠から書き写した家紋を見せた。

一瞥《いちべつ》するなり、即座に高木平左衛門が、

「おぅ、これは武鑑を紐解くこともない、お隣の松平伊豆守《まつだいらいずのかみ》様の三つ扇の御紋じゃ。三河国《みかわのくに》吉田藩、譜代《ふだい》七万石、只今は八代伊豆守信順《のぶより》様。奏者番頭《そうじゃばんがしら》、寺社奉行を兼任なされている。間違い御座らぬ」

確固とした信念を籠めて云った。

確かに、ここ北町奉行所と背を合わせて建つ五千坪はあろうか、〈智慧伊豆《ちえいず》〉の名を恣《ほしいまま》にした、筆頭家老の末裔《まつえい》、松平伊豆守信順様の家紋だという。その三つ扇の家紋が金色に塗られた、黒漆の印籠を腰にした武士が、何故、男装した女剣士に容易《たやす》く斬り捨てられたのか？　謎であった。

直ぐさま、奉行高好の居室を訪《おとな》い、先程遭遇した善國寺での斬殺《ざんさつ》の経緯《いきさつ》を掻《か》い摘《つま》んで報告した。

「ふぅ～む。赤毛の、男に見紛《みまご》う女剣士のぅ……。お隣の松平伊豆殿と如何《いか》に関わっておるのか……ふむ、明朝の閣議にて、町奉行の立場で寺社奉行たる松平殿に、お訊《たず》ね致そう。又目付の手を煩《わずら》わせても、直ぐには埒《らち》が明かず、暇を取るばかりじゃ。わしが直接松平殿にお訊き申そう。亮之介、任せておけ」

「はっ、よしなにお取り計らい下さいますよう……」

高好の前を辞去した後、亮之介は奉行所表門を右に曲がってひと筋目、松平丹波守様お屋敷と向かい合う松平伊豆守様上屋敷の南向きの門前を素通りした。成程、片側五十間の築地塀《ついじべい》、五千坪程の敷地に威風堂々たる母屋《おもや》が連なり、二百年前からの御重職を全うし続けた格式が感じられた。只、本日の善國寺での斬殺事件が及ぼす影響の気配は何も感じられず、森閑《しんかん》としたものだった。

何を孕《はら》んでいるのか、今は何も分からぬ。どんな謎、如何なる様相に変幻して行くのか――今後のことだ。亮之介は、門番二人が立つ目前を何喰わぬ顔で通り過ぎた。

三

二日後、奉行所から八丁堀組屋敷の真壁宅へ、中間の忠助が駆け付け、殿様がお呼びで御座います、と伝えた。隠密任務ゆえ定町廻り同心、義弟の北見兵馬《きたみひょうま》のように毎日の出仕に及ばずとの特別扱いを頂いている亮之介だが、お奉行の呼び出しとあれば、何を置いても直ぐさま駆け付ける。信を置く部下が、信を寄せる上司に呼ばれたのだ、否も応もない。

「亮之介、その三つ扇の紋の入った印籠は、数年前、松平伊豆殿がその家臣に与えた恩賞の品であったらしい。一昨日の善國寺では二人とも斬殺されたが、病死届けで処理された。七日程前に襲撃された折には一人が逃げ伸びて、その言によれば、まず、松平伊豆守の御家臣かと訊《たず》ねられ、そうだと答えるといきなり抜刀、斬り殺されたそうだ。低い声であったが、間違いなく女が男に変装しておったとか、確かに異人との混血であろう、とな」

亡骸《なきがら》には、一人が逃げ去った後に細工したのか、胸に十の字が刻んであり、着物の胸に懐紙が一枚書き留められていたと。『二百年の積年《せきねん》の遺恨《いこん》覚えたか』——と、書き殴られていた由。

「そう証言した家臣は、友を捨て己のみ生き延びた卑怯者《ひきょうもの》として、士道不覚悟のご定法《じょうほう》に則《のっと》り、切腹申し付けられ、昨日執行されたそうだ。近頃珍しい硬骨の処断であったと、幕閣内でも評判になったものよ。亮之介、如何思う？　この松平伊豆殿の家中の者だけを狙っての斬殺事件……我等町奉行所は手の出せぬ事案なれど、引っ掛かるのぅ……」

名奉行二十五代榊原主計守忠之《さかきばらかずえのかみただゆき》が大目付に転身し、昨年その生涯を閉じたのだ。その後を継いだ大草安房守高好《おおくさあわのかみたかよし》、この時、六十歳、幾多の難事件を扱い、解決し北町奉行としてその地位に座って、習熟した手腕を揮《ふる》っていたが、今は、眉宇《びう》を顰《ひそ》め、眼は宙を睨み、そして険しい双眸で亮之介を見据えた。

亮之介はいつもこの奉行に対すると、父一郎太とその面影が重なり、実の父に接するように親愛の情を覚えるのだ。

「御前《ごぜん》、只今より例繰方《れいくりかた》に籠って、松平伊豆守様の武鑑を調べ上げようかと存じます。このやり様は、それがしには何やら、胸に抱えた恨みとか、深い遺恨の念が感じられてならぬのですが……」

「さもあろう。わしも同感じゃ。亮之介、任せた！　その方《ほう》だけが頼りじゃ。いつものことじゃが、頼むぞ。腕を揮ってくれ」

これ程全幅の信頼を寄せられては、亮之介とて、いい加減には手を拱《こまぬ》いては居られぬ。高好は奉行として部下の遣い方に長《た》けている、特に亮之介に対しては……。立ち上がり辞去しようと障子に手を掛けた亮之介の背に、安房守高好の声が掛かった。

「亮之介、その方の父君の仇、取り逃がした不知火組の手掛かりは掴めぬのか？　あれから七年の歳月が経つ……」

振り返った亮之介は、片膝立てて座し答えた。

「はっ、あれ程の凶賊で御座いますが、月に一度の押し込みで、手掛かりを残しませぬ。休むことなく追っては居るのですが……」

「うむ。心してなぁ。捕縛あるいは討ち果たせることを願っておる。切腹の汚名を着せられた、そなたの父上の雪辱を果たせることにもなる」

「はっ、痛み入ります。では」

（よし、お奉行直属の隠密同心だ。お奉行のためにも、ましてや、己の矜持のためにも）と心に誓い、高好の前を辞去した。不知火組も気になったが、今日、目撃したこの松平伊豆守の事件に気を奪われていた。

武鑑を繰って調べれば調べる程、凄まじい怨念《おんねん》の世界が勃然《ぼつぜん》と浮かび上がって来た。亮之介は無我夢中でうず高く積み重ねられた調べ書き帖を繰った。眼前に浮かび上がる二百年前の悪夢——。

——二百年前の、寛永十四年（一六三七）九州肥前国《ひぜんのくに》、島原藩に勃発した〈天草の乱〉に辿り着いた。『二百年の遺恨、覚えたか』はこれであった。

領主松倉勝家《まつくらかついえ》の島原藩と、寺沢堅高《てらざわかたたか》領する唐津藩《からつはん》の領民が、過酷な築城のための酷使、過重な年貢《ねんぐ》取り立て、尚又切支丹《キリシタン》への迫害と飢饉《ききん》の被害までが加わり、その酸鼻《さんび》さは極まった。遂に領民は立ち上がり、島原・天草一揆が勃発したのだ。

時に——寛永十四年十月二十五日。

当時十六歳の神童と崇《あが》められた天草四郎時貞《あまくさしろうときさだ》を総大将に押し立て、切支丹が中心となり、代官所を襲い、代官林兵左衛門《ひょうざえもん》を殺害、ここに島原の乱の幕が切って落とされたのだ。

島原藩は討伐軍《とうばつぐん》を繰り出したが一揆軍《いっきぐん》の抵抗は凄まじく粛清《しゅくせい》すること適《かな》わず、領主松倉勝家は九州各藩に援軍を求めたが、三万七千人に膨れ上がった一揆軍を制御することは遂に適《かな》わなかった。

ここに、松平伊豆守が登場する——。

事態を重く見た幕府は、このまま捨て置けば幕府の威信に関わると、討伐上使として、

〈智慧伊豆《ちえ》〉と称された老中、松平伊豆守信綱《いずのかみのぶつな》を江戸表《おもて》より送り込んだのだ。

九州諸侯の増援を得て十二万以上の軍勢に膨れ上がった討伐軍に対し、一揆軍は島原半島南部の、既に廃城となった原城《はらじょう》に籠城《ろうじょう》する策に出た。

松平信綱が忍び込ませた間者《かんじゃ》の報告により、一揆軍には食料・水が不足し、海藻《かいそう》しか喰うものがないと知ると、兵糧攻《ひょうろうぜ》めの作戦を企て継続した。然し、一揆軍の士気は衰えず、それは切支丹の信仰心に支えられたものであったが、遂に信綱は業を煮やし、多勢を頼んで総攻撃の号令を発した。当時、ポルトガルとオランダと通商条約を交わしていた幕府は、そのオランダ国の軍艦に頼み込み、一揆軍が立て籠る原城目掛けて大砲の弾丸を雨霰《あめあられ》と撃ち込んだのだ。

然しこの砲撃は、オランダ人宣教師も多い籠城側に取って寝耳に水の裏切り行為と受け取られた。

だが、長期間この一揆が鎮圧されなければ幕府の面目も地に墜ちることにもなり、総攻撃によっての原城の落城は避けられぬことであったのだ。

食料、弾薬が尽き、圧倒的な数の幕府軍に責め立てられ、天草四郎は討ち死にし、一揆軍は女子供も皆殺しにされて、漸《ようや》く乱は鎮圧された。

――寛永十五年（一六三八）二月二十八日のことだった。

さしもの四か月間に亘《わた》っての叛乱《はんらん》も遂に二月末、終焉《しゅうえん》の時を迎えたのだ。

鎮圧後の叛乱軍への処断は苛烈を極め、島原、天草のカトリック信徒は、拷問によって仲間たちを密告、イエズスの像の踏み絵を強要され、拒んだ者は、即、斬首、晒《さら》し首の刑に処され、信徒たちの幕府への恨み、憎しみはいや増し骨髄に達した。

わずかに生き残った信者たちは深く潜伏し、隠れキリシタンとなってその身を消したのだ。

突然ここに、天草本渡《ほんど》烏山《からすやま》神社の名が浮かび上がった。今は、あのお雪の父親が宮司の神社である。


豊臣秀吉の命令によって長崎で磔《はりつけ》の刑に処せられた二十六人のカトリック信者——日本でキリスト教の信仰を理由に最高権力者による処刑が行われたのは、これが初めてであった。この出来事を〈二十六聖人の殉教〉という。

『浦上《うらかみ》四番崩れ』の古文書に編纂《へんさん》されている。

亮之介が息を呑み驚いたのは、天草本渡烏山神社が隠れキリシタンの隠れ場であったこと——。

神社の氏子《うじこ》として身を隠し、神道ならぬカトリックの信仰を続けていたのだ。

神社の拝殿の柱の中には、信仰の対象である十字架を彫り込み隠していた。それに合掌し乍ら、祈りの言葉「アンメンリウス」と一心に唱えていたのだ。

そして、その娘には代々忠実な下僕《げぼく》、爺やが誕生の日から付き従い、武術を教え込んだという。女だてらに筋金入りの武芸者に育てられた。尚且つ、宣教師を継ぐ女には、妖術とも幻術とも判別出来ぬ霊的に使える至難の業《わざ》が具《そな》わっているという。これが出来るのは、代々宣教師の血を継ぐ娘のみであった。それが、営々と今のお雪まで続いているということなのか——。

お雪は、処刑された二十六聖人の内の一人、ゴンザロ・ガルシアという名のポルトガル人のフランシスコ会修道士の血を受け、継承しているのだ。「オラショ」と呼ぶ原語の祈祷《きとう》の言葉で祈れるのはこの娘、お雪のみであった。

当時、公然とキリシタン大名を名乗って憚《はばか》らない高山右近は、領内の神社仏閣を破壊し、教会を建て、洗礼名をジュスト・ウコンと称し、キリシタン大名として先鋒を切り、同調する大名も多く現れた。明智光秀の三女細川忠興《ただおき》の正室ガラシャ夫人。小西行長《こにしゆきなが》に至っては家臣全員が改宗し、キリスト教を信仰し、一揆勃発後には重臣たちは一揆軍の指導者となって先頭切って幕府軍に抵抗した。

島原城主松倉勝家は領民の生計《たつき》が立たぬ程の年貢の取り立てによって一揆を招いたという責任を問われ、改易《かいえき》処分は元より、大名にも拘《かかわ》らず切腹ならぬ斬首刑に処せられた。二百六十年に及ぶ徳川《とくがわ》政権下でも最初に斬首された、不名誉な大名となって名を残してしまったのだ。

幕府は、キリスト教布教の元凶ポルトガルとの貿易を禁止し、オランダ・清国とのみ長崎平戸の港を開港して、発布された鎖国令《さこくれい》は益々厳格な掟となった。そして禁教策を強化し、駆り立てられた信徒たち切支丹の居場所はなくなった。然し信徒はこの幕府の禁止令を逆手に取って、神社の氏子を隠れ蓑《みの》にして隠然《いんぜん》と、隠れキリシタンとして生き延びたのだ。

かくして幕末まで継続した切支丹排除令は信徒を苛《さいな》み、逃げ場を奪い、信徒たちは深く静かに潜行して、その弾圧に耐えて来たのだ。

幕府は籠城した原城を攻め落としたその後は、『一人の切支丹も残すな』との指令の下、殲滅《せんめつ》作戦で信徒を根絶やしにした。反逆する信徒たちの、幕府の総大将松平伊豆守信綱に対する怨念は絶えることが無かったのだ。

今、二百年の永きに亘《わた》って恨み続け、憎しみの炎を燃やし続け、その仇の対象として突如として、その家臣が狙われ出し、既に三名の命が奪われている。その襲撃者は、紅毛碧眼の混血美女の剣士――異国の血を引く隠れキリシタンの末裔《まつえい》――栗栖雪之丞！

この切支丹弾圧の島原・天草の乱が平定《へいてい》されて、最早二百年の歳月が経過したにも拘《かかわ》らず、未《いま》だその遺恨の念を抱き続け、松平伊豆守信綱の子孫、信順を狙うという、その凄まじき執念、怨念――。亮之介は、背筋を這い上るような寒気を覚えざるを得なかった。


直ぐさま亮之介は、配下の丈吉《じょうきち》、吉蔵《きちぞう》に命じ、張り込みが開始された。

交互に見張りに立ったのだが、張り込み場所が奉行所と背中合わせだから、時を無駄にすることも無い。奉行所南側の塀の角から覗き見れば、一丁先の松平伊豆邸の表門が見張れるのだ。

もう一か所西側に、裏の通用口が、肥後熊本藩主細川越中守《ほそかわえっちゅうのかみ》上屋敷に隣接した小路に在る。その二丁先には、公儀評定所《ひょうじょうしょ》、伝奏《てんそう》屋敷が並んで見える。

松平伊豆邸の人の出入りを見張り始めたのだが、矢張りこのところの、家臣が狙われる騒ぎに、何かピリピリした雰囲気を感じ取る二人であった。丈吉は奉行所脇で、吉蔵は裏口が見張れる松平丹波守《たんばのかみ》様、久世大和守《くぜやまとのかみ》様屋敷の境界に陣取り、互いの顔が見える場所に位置して見張りを続けた。もう一つ、別の得体の知れぬ見張りの眼があるのを意識したのは、二人同時であった。

吉蔵が何気なさそうにぶらぶらと歩いて来て丈吉の傍に寄り、

「丈吉っつぁん、妙な野郎が何人かうろついてやがるぜ」

「アニさん、こっちもそいつぁ、おんなじだ。動き出しやがったな」

丈吉が舌舐めずりして、眼を煌《きらめ》かせた。この男、危険な匂いを感じ取ると、燃えて来るという岡っ引き特有の性根《しょうね》を持っている。

「おっ、出て来たぜッ」

吉蔵の袖を引っ張り、塀の陰に引き摺り込み乍ら、早口で囁《ささや》いた。

「あっちはおいらが尾《つ》けるから、アニさんは引き続いてこっちを見張っててくんな」

そう云い残すと、するりと塀沿いに忍び足で尾《つ》け出した。

と、その間に割って入るが如く、降って湧《わ》いたように不審な浪人二人がその家臣を尾行し始めた。三つ巴の追跡の態《てい》をなして来た。

と、今度は吉蔵側に向かって、矢張り、家臣二人が出て歩いて来た。

ドキッと心の臓が鳴って、吉蔵は奉行所表門に駆け込んだ。顔馴染みの門番が、吉蔵さん、どうしなすった？　と声を掛けて来たが、唇に人差し指立てて、シィ～と押さえて黙らせ覗き見る。悠然と通り過ぎるこちらの二人連れの武士を眼で追うと、精悍な隙の無い歩き方は、辺りを払いその目配りは油断ならぬ武辺者《ぶへんもの》の雰囲気を振り撒いていた。

吉蔵がニタッと片頬歪ませて、門番に頷いて、十間（約十八メートル）の距離を置いて尾行態勢に入った。眼を付けた獲物を狙う尾行は、盗人《ぬすっと》時代からお手のものだ。獲物を狙う猫のしなやかさに似ていた。

（何処に行くのか？）日本橋の人混みを抜けて、下谷広小路方面へ――。

突如一人、新たな追跡者が加わった――。

亮之介旦那から聞いていた赤毛の男装した女剣士？　いや違う、粋な女の姿だ。洗い髪を背中に垂らし、後ろ首で束ねて結んでいる。

通り過ぎる町衆が、初めはハッと驚いた表情を浮かべて道を開けるが、振り返って、わざわざ戻って前へ回り込んで覗き込む奴もいる。その異人との混血とひと目で知れる美貌と粋な芸者然とした風情は、男心をくすぐるのだろう。

（現れやがったなッ、さ～て、どうする積もりか、見ものだぜ）

一瞬の間も眼を離さずに尾けること四半刻（三十分）、浅草奥山の盛り場を人の波を掻き分けて進んで行く二組。

ツと女が近付いて、背中から武士二人に声を掛けた。振り返る訝《いぶか》し気な武士二人。

吉蔵は声の聞こえる近間まで詰めて、耳を澄ませた。

「お侍様、チョイとこの裏まで顔を貸しちゃ貰えませんか?」

伝法な口調だが、艶然と誘うその表情は、男心を惹き付け溶ろけさせずにはおかない妖艶な雰囲気を醸《かも》し出していた。

「うむ。参ろう、何処だ、何用だ」

二人の武士は顔見合わせ、ヤニ下がって付いて行く。その様子《ようす》には警戒の色も見えるのだが、助平心丸出しの侍に見えた。

下谷広小路の一本裏通りに、一乗院という小さな寺が在った。その山門を潜《くぐ》り入って行く三人。境内には人の気配がない。勿論、吉蔵は近過ぎず、遠過ぎずの間を置いて、手慣れた尾け方で続き、門扉に張り付いて片目で覗き見た。

境内へ誘い込んだ女が振り向いて云った。

「松平伊豆守様のご家来で御座いますよね?」

掬《すく》い上げるように視る眼は、男なら思わず振るい付きたくなるような媚《こび》を含んだ妖艶な色気を振り撒いている。風に乗って何やら匂い袋のイイ香りが漂って来る。

女好きの吉蔵の背を、ゾクッと男の欲望が走り抜けた。白蝋《はくろう》のように透き通る白い肌、赤茶色の髪が春の陽射しを受けて、金色に輝いていた。

「待っていたんだ。女! 伊豆守様の家臣だったら、どうした?」

大柄の一人が鯉口《こいくち》に手を添え乍ら、傲然《ごうぜん》とうそぶいた。

「こげんするとばいッ！」

突如、その口唇《こうしん》から迸《ほとばし》った長崎弁と同時に、その躰は弾かれたように跳躍した。空中で帯の後ろに手を回し、結び目に仕込んだ刃渡《はわた》り一尺三寸（三十九センチ）はあろう短刀を引き抜いた。

電光の速さで白刃が宙を奔《はし》って斬り下ろし、着地した。

その大兵漢《だいひょうかん》の侍は、額から鼻筋までザクッと斬り割られ、カッと眼を見開いたまま、前のめりに倒れた。その侍の刀身は、鯉口から半分も抜かれてはいなかった。何たる早業《はやわざ》！

もう一人の侍が、おのれッ、の叫びと共に、上段からの抜き打ち一閃！

然し女は、その間合いを無視して片膝付いて飛び込み、下から心の臓を突き刺した。潜《もぐ》り込み、身を捨てての稲妻の迅速さだ。

白い太腿が、山門から片目で覗く吉蔵の眼を射た。吉蔵にとってはその斬撃よりも、湯文字《ゆもじ》の隙間から覗く内腿の悩ましいまでの美しさに眼が吸い寄せられ、心の臓がドキドキッと鳴った。

胸から小太刀を引き抜くと、血塗《ちまみ》れの刃を、斃《たお》した武士の羽織に擦《なす》り付けて拭《ぬぐ》い、立ち上がり、四囲《しい》を見回した。夕陽に映えて、その眼光は猛禽《もうきん》の如く金色に輝いていた。

吉蔵が今度はゾクゾクと寒気を覚えて門扉の陰に身を引いたその時、突如、奥の庫裡の裏から、年老いた白髪《しらが》頭の総髪を後ろで束ねた、背が瘤《こぶ》で曲がった小さな男が現れた。亮之介旦那から聞いた吾助と呼ぶ爺やだろう。

その年老いた従者が小走りで駆け寄り、

「嬢様、お見事で御座いましたばい」

声と共に傍らに跪《ひざまず》いて、畏《かしこ》まった。その身ごなしは年齢を感じさせず無駄の無い俊敏な動きであった。

「爺や、見たとか? こげんして、我等切支丹の恨みば晴らして行けば、ご先祖様は少しは気を安らいでくれるのだろうばってん、私には果てしが無いように思えてならんとばい……」

「お雪嬢様、今更何を仰《おっしゃ》いますとね。我等固い結束のもとに、公儀に少しでもその理不尽な弾圧を思い知らしめ、抵抗し、遺恨を晴らそうと始めたばかりの義挙で御座いますばい。そげん弱気の虫は禁物ですたい。胸に納めて決して……」

「吾助、お前の云う通りたい。心配せんでよか。さぁ、我等が目印を……」

誰も人影がないのを確認してから二人の武士の襟を掻き分け、切っ先で十の字を刻み付けた様子だ。十字——クルスだ。

門の陰から吉蔵の片目が覗いていた。逐一、語られた長崎弁は聴いた。

女は安堵したのか、満足げにゆっくりと小太刀を後ろ帯の鞘に納め、裾を払って大股で歩き出した。その背後を守るように吾助と呼ばれた従者が、チョコチョコと従う。

吉蔵は寺の門扉に背を張り付けて身を隠し、やり過ごした。

(こりゃぁ旦那にとっても手強《てごわ》い相手になりそうだ……それも、女だぜ)

再び吉蔵の尾行が始まった。

四

外堀沿いに四半刻、一ツ橋御門を右に曲がって小川町を真っ直ぐ入ると、左手に松平紀伊守《きいのかみ》様、右手に堀田備中守《ほったびっちゅうのかみ》様の大名屋敷が在る。行く先には広大な武家屋敷が連なっていた。

女は平然と、そしてチャラチャラと、武家小路を歩いて行く。やがて、〈千束《せんぞく》〉と表札の掛かった御大身らしき旗本屋敷の門内に吸い込まれるように姿を消した。

(ヘッ？　あの形《なり》で平気で武家屋敷へ出入り出来るのかい？)

吉蔵の胸中に不可思議な疑いの念が湧《わ》き起こった。

(よし、ここは一丁、忍び込んで天井裏に潜り込むか……)

とも思ったが、亮之介旦那にはいつもお先っ走りを戒《いまし》められているので、住まいを突き止めただけでも御の字じゃねえか、とこの日は引き揚げることにした。

八丁堀組屋敷へ戻った吉蔵が、夕餉《ゆうげ》の席で、亮之介に、下谷広小路一乗院の出来事を報告している最中に、丈吉が額に汗浮かべて、格子戸を開けて戻って来た。

「遅くなりやした。旦那、面白ェことになって来てやすぜ。あっしが尾けた二人組の方は、途中から割り込んで尾行して来やがった浪人二人の方が、バッサリ殺《や》られちまいやした。松平様の家来が寂《さび》れた荒れ寺へ誘い込むように引っ張り込んで、いきなり斬り合いがおっ始《ぱじ》まって、一人の侍ェが強ぇのなんのって……。森山殿、玄蕃《げんば》殿、とか呼ばれてやした。こりゃ旦那もウカウカしてられねえ、って思いやしたぜ」

「ふ～ん、どっちにも一人ずつ強ぇのがいるってわけか。気を引き締めねえとな。ふぅ～ん。で、その二人の侍はその後どうした？」

「へえ、浪人二人の懐を探ってやしたが、何やら見付けたみてぇで、紙入れだけ抜き取って持ち去りやした。もの盗りの仕業に見せ掛けようとの魂胆じゃ御座んせんかねえ……」

「……いいか、二人ともよく聴けよ。こいつぁどうやら、二百年前からの因縁が絡んでいるらしいんだ」

「ゲッ、二百年前《めえ》ですかい？ おっとろしいことになって来やしたねぇ」

吉蔵がぶっ魂消《たまげ》て、口あんぐりと開けた。

「隠れキリシタンの話は聞いたこたぁねえか？」

「へっ？ あっしは神社仏閣！ 神様仏様、お助けを～って方でして、一向に……」

吉蔵が大真面目な顔で云った。あっしも同じく、と丈吉が同調した。

「よし、吉ッ、オメエは今日見付けた一ツ橋通り小川町の千束屋敷に張り付きな。危ねえ橋は渡らなくていいからな。とは云っても、オメエは直ぐ渡っちまうからなぁ、それでこれまで何度もその危ねえ橋から落っこちて、挫《くじ》いたり、折っちまったり、自慢の韋駄天《いだてん》が形無しだったじゃねえか。まぁ、オメエの裁量に任せた。骨は拾ってやる！」

「へぇッ、それを聞いたらあっしも百人力でさぁ。心置きなく天井裏へ潜り込めまさぁ」

吉蔵が舌なめずりしてニタついた。

「丈吉は、引き続いて伊豆守屋敷を見張りな。二人とも充分に気ィ付けてな」

丈吉の引き締まった相貌がキリッと頷いたのを見て、奥へ声を掛けた。

「お～いお静ゥ、チョイと喉を潤してぇなぁ」

勝手口から、お静の浮き浮きした声が鸚鵡返《おうむがえ》しのように聞こえた。

「は～い、そろそろでしょうと思って、もう準備万端ですよォ。直ぐに持って参りますからねぇ」

打てば響くように障子が開き、重ねた脚付き膳《ぜん》を捧げて、お静が入って来るのを、へぃ、お手伝い致しやす、と腰の軽い吉蔵が手を貸した。

お静は、亮之介が、『以前のように女中を雇おう』と云うのを、この家に他人が居るのが嫌らしく、家事はすべて自分一人でやっている。それが楽しいらしいのだ。浮き浮きとしている。

春の宵を、心通わせた主従三人が、お静のつつましくも粋な酌で酒盛りが始まった。開け放った縁側から闇夜を見上げれば、流れるおぼろ雲に半月《はんげつ》が見え隠れして黄色く輝いていた――。

卯月（四月）の生暖かい風が燭台の灯りを揺らした。

翌早朝、木刀での立ち木打ち千回、真剣での素振り、斬り込み、進退の間合い、見切りなど、いつもの如くに躰中から汗を噴き流して、独り稽古を終えた。

連日の苛烈な稽古で練り上げた五体の動きに懸念《けねん》はなく、鉄を打ち伸ばしたような胸板の肉は、引き絞られた弓弦《ゆみづる》の如く激烈な力がたたえられていた。最早、その両腕と胸は鋼鉄の硬さを備え、刀を振る威力、迅速さは瞬の間も留まらぬ閃光のようであった。

埋め込まれた立ち木十本の栗の木の皮は剥げ、凹み、摩擦で焦げて黒ずんでいた。野性の本能で駆け抜け、打ち込み斬り払うのだ。躰は何の躊躇《ちゅうちょ》逡巡《しゅんじゅん》もなく自在に躍《おど》り跳《は》ね、飛ぶ。

しとどに濡れた汗を振り払い、気分爽快の思いで井戸端で水を浴びる。

お静の手を借りて、背中を拭き、紺色の鮫小紋の単衣《ひとえ》にさっぱりと着替えて、奉行所へ顔を出した。

真っ直ぐに書庫へ入り、武鑑を広げ、旗本〈千束〉家を調べた。

天草・島原の乱の折、原城《はらじょう》に立て籠った一揆軍の首謀者の〈天草五人衆〉の中に小西行長の家臣、千束善右衛門《せんぞくぜんえもん》の名を見付けた。今、当代は与右衛門と記載されている。

原城が、老中松平信綱率いる幕府軍の総攻撃によって落城し、多くの侍大将が捕らえられたり改宗を迫られたが、それを拒絶して斬首刑に遭った首謀者の中で、一人だけ逃亡したのか、行《ゆ》き方知《かたし》れずとなって、武鑑の記述も途絶えているのが千束善右衛門――。家紋が、何と、華久留子《はなくるす》！　切支丹の文言でクロス、すなわち十字架を意味した家紋なのだ。

（はは ぁ、それで、斬殺した伊豆守家臣の胸に十の字か！）

亮之介は納得した。

然し今、二百年の時が経過して、何故千束家が、旗本小普請組二千石の俸禄で幕臣に名を連ねているのかが解《げ》せぬ、経緯が判然とはしないのだ。だが、吉蔵が尾行した結果、この千束家には、小太刀《こだち》を遣う混血の女性《にょしょう》が平然と出入りしているという。何を意味するのか？　どう関わって来るのか？　二百年経った今も、依然としてキリスト教宗徒を貫いているのか？　今尚、公儀御禁制の筈の切支丹として生き永らえているのだろうか？

天草の乱以降、消息不明であった千束家が、突如、表に姿を現し、幕臣であり乍ら、二百年の怨念を、松平伊豆守の子孫に晴らしているということなのか――。公儀御禁教の切支丹で幕臣に名を連ねられる筈がないのだ。

確かに、原城落城の後の、切支丹であるかどうかの吟味、そして改宗を迫る拷問は目を覆う惨たらしさだったらしい。

徳川家康が熱心な浄土宗の信者であったから、全大名、国民に仏教を強制し、どの家族も何処かの仏教宗派のお寺に属すること、どの家にも仏壇を置いて先祖供養すること、亡くなればお寺の自分の家系の墓に入って名前を刻まれること、という総仏教徒化政策を推し進めた。その結果、それは世情を安定させ、徳川政権が三百年近くも和平状態を保ち続く因となったのだ。然し、家康自身が亡くなった後、日光東照宮に権現《ごんげん》として祀《まつ》られ東照神君《とうしょうしんくん》となり、仏教も神道も混然として信教はいずれでも許されたのだ。同じ境内で神と仏の両方を祀っている寺社も珍しくなかった。朝廷は勿論、神道ひと筋が重んじられ現在まで継続している。

然し、キリスト教は違った。受難の時代が三百年続いたのだ。

幕府による禁教令により、切支丹でないことを証明するために、真鍮で拵《こしら》えたキリストやマリアの絵像を足で踏み付ける強要がなされた。最初は一揆勃発の地、九州、長崎辺りで始められたが、江戸にまで拡がり〈江戸の大殉教〉と謂われ、信者の恐怖心を煽った。どれ程の神父、伴天連《バテレン》、信者が捕らえられ、処刑されたことか——。

この弾圧で、四百人から五百人の女子供を含む殉教者が出たと伝えられる。信徒は如何なる惨い拷問を受けても、踏み絵を拒絶したのだ。

耳を切り落とされ、鼻を削られ——大八車で、京、大坂、伏見、堺を引き廻され、極寒の季節に捕縛されたまま長崎浦上《うらかみ》まで、およそ一か月の死の行進であったとか——。

信徒に加えられた拷問のうち、〈穴吊り〉は最も残酷な方法であった。穴を掘った真上から、内臓が下がって直ぐ死なないように体を固くぐるぐる巻きにして、血が下がって頭に充血するのを防ぐため、小さい穴を開けておく。出来るだけ苦しみを長引かせるのだ。ひどい役人の時には、穴の中に汚物を入れておいて、穴の外で騒がしい音を立てて神経を刺激させて苦しみを倍加させるのだ。

公開処刑の時、役人たちは槍の穂先を抜いて、尖った棒の先で、十字架に架けられた信徒の脇腹から反対側の肩まで貫いた。一度で足らぬ時は、二度までこれを繰り返した。

その時、見せしめのため並ばされた切支丹らは一斉に『デウス・マリア』と叫んだが、その衝撃の声は天の星座まで達した、という――。

雲仙《うんぜん》地獄で切支丹を苦しめる拷問を発案し、実行し始めたのは、領主松倉重政《まつくらしげまさ》であった。人々は硫黄《いおう》の熱湯をぶっかけられ乍ら、声を出してオラショの祈祷《きとう》の言葉を唱え、賛美歌を歌った。役人たちは、声の出ぬよう猿ぐつわを嵌《は》め、熱湯に押し沈めて殺した。マクダナレという女伴天連《バテレン》は柄杓《ひしゃく》で熱湯を掛けられ、湯壺に浸《つ》けられた。皮膚を生剥《は》ぎにされるようなひどい有様だった。――人間の行える業《わざ》ではない。

徳川幕府が切支丹に拷問を加えたのは、殺すことよりも改宗させることが主目的であり、まず転向させ、転向しない者は殺すことにしていたのである。

長崎奉行竹中采女《うねめ》が松倉重政に勧められて、長崎の牢に居る切支丹たちを雲仙に連れて行った。〈長崎旧記〉には、それを〈山入り〉と記してある。

最初の犠牲者は六十四人、うち女が二十七名だった。洗礼名をイザベラという女性は、一刻《いっこく》（二時間）も噴気孔の側の石の上に立たされていた。

翌日は手足を縛って、裸の体に熱湯をじわじわと掛けられ、

『キリスト教を捨てないのなら、十年でも二十年でもこの責めを続けるぞ』

と役人に云われた時、イザベラは答えた。

『それは束《つか》の間《ま》のこと、百年でも私が生きている間はこの責めを凌《しの》ぎまする』

拷問十三日、飲まず食わず、そして眠ることも出来ずに痛め付けられ、傷だらけの体になったイザベラに、奉行は転び証文を突き出し、手を取って無理矢理爪印《つめいん》を押させたが、遂にイザベラは信仰を捨てなかったのである。

捕縛された人々は、信仰に殉じて生命を失うことを、無上の光栄として喜んで迎えた。自分の死が眼の前に近付いて、しかも無罪なのに何故こんな風に思うことが出来るのか——。

亮之介の胸中に、硬い金属の切っ先で削られるような痛みが走った。余りの残酷さに寒気が走った。よくもこんな様々《さまざま》な拷問を思い付き、平然と実行出来たものだ。彼らは、もう人間の精神を持たない別世界の生き物と化したのではないかとさえ疑った。

亮之介は、人を苦しめ悲鳴を上げさせる拷問が最も嫌いであった。だから、奉行所の拷問蔵にも顔は出さない。最も嫌悪する、寒気を催す仕業なのだ。いくら、罪人に自白が無ければ罪科《ざいか》を課せられない御定法《ごじょうほう》であっても、眼を背《そむ》け正視することが出来ない。亮之介の弱みだ。人を苛《いじ》め、苛《さい》むのを最も嫌悪する——それが亮之介の弱点でもあり、信念でもあった。

ある信徒の証言によると、六坪の獄舎が建てられ、その中に二百名余りの信徒が収監されていたという。

『あの牢屋に収監されていた信徒たちは、人としての扱いは受けておらんかったばい。狭か処に閉じ込められとって座ることもでけんと、躰は隣に居る人の圧力で持ち上がった状態だったとですばい。眠る時も、そのままの状態だったとです。食べるもんは、朝夕に一握りの芋が出るくらいだったとよね。みんな大小便垂れ流しになっとって、疲労と飢えが原因で亡くなったとですばい。死体は五日間も放置されとって、腐ってウジ虫が湧いて来たとですよぉ。これはもう、拷問以上の苦しみですたい。女、子供も交ざって、もう可哀想で可哀想で……』

例繰所から帰る亮之介の気分は重く落ち込んで、暗澹《あんたん》たる気持ちを払拭《ふっしょく》することが出来なかった。キリスト教宗徒たちの幕府に対する、松平伊豆守に対する怨念、復讐心が分かるだけに、今度の騒動には気が乗らなかった――。


千束邸を張り込んで二日目の晩、吉蔵が収穫ありの得意顔で戻って来た。

「旦那、又、天井裏へ潜り込みやした。面白ぇことになってやすぜ。千束邸に思い思いに二、三十人くれぇ集まって来やしてね、邸の裏庭に土蔵が建ってやして、そン中へ吸い込まれるように入って行きやした。奥の壁に架けられた布っ切れを引っ外《ぱが》すってぇと、十字架とマリア像ってんですかい飾ってありやして、皆んな、その前に跪《ひざまず》いて、あの女が薄い透き通った布を被《かぶ》って『さあ皆さん、聖母マリア様に祈りのオラショを捧げましょう』とか何とか云って、皆一斉に指を組んで、低い声で呟き始めたんでさぁ。何やら歌も唄ってやしたねぇ。半刻（一時間）ばかり続いて『では、七日後に又お会いしましょう』みてぇなことで散らばって帰って行きやしたねぇ」

「ふぅ〜ん。隠れキリシタンの集まりだな、そいつぁ。ご公儀の取り締まりの目を逃れて定期的に集会を開いてるんだな。どんな顔触れだった？」

「へえ、老にゃくにゃんにょってんですかい、年取ったのから若いの、女、男、子供、商人らしいのから、侍ェまで、色々、取り揃っておりやしたぜ。あの女の名前は、ユリアお雪様って呼ばれてやしたぜ」

（洗礼名だ。ユリアお雪……覚えておこう）

「吉ッ、あとぁ何か仕入れたネタはねえのか？」

「へえ、終わった後、そのユリアお雪と侍ェ三、四人が集まって、何やらひそひそ声で相談してやした。あっしが地獄耳だったら、聞き逃しゃしねえんですが……」

唇噛んで、悔しそうな顔付きの吉蔵に、亮之介が宥《なだ》めるように云った。

「吉、上出来だ。よくやってくれた。腹ぁ減ってねえか、今お静に……」

「いえいえ旦那、屋台で二八蕎麦《にはちそば》を喰って来やしたから、ご心配にゃ及びやせん」

「そうかい、それにしても丈吉は遅ェなぁ……何をやってやがんだろ」

「あっ、旦那、噂をすりゃ影だ。噂はするもんでやすねぇ、帰《けえ》って来やしたぜ」

地獄耳だ。その通り、丈吉が飛び込んで来た。

「遅くなりやした、スンマセン。旦那、面白ェことになって来やしたぜ」

「詰まらねぇことはねえのか。みんな面白ぇことばっかりだな。どう面白ぇ？」

「へえ、松平伊豆守様屋敷へ、強そうなご浪人ばっかりどんどん入って行くじゃ御座んせんか。江戸市中のあちこちの剣術道場に声を掛けて、どうやら人集めを……、あっしの睨んだトコじゃ用心棒じゃねえかと思うんでやすがねぇ。がっかりして帰って行く浪人も多御座んしたからねぇ。足代に頂いたらしい小粒《こつぶ》を懐《ふところ》に捻《ね》じ込んで……」

（成程、ここンところの誰とも知れぬ襲撃者を迎え討つ態勢を整えようとしている。だが松平家は、旗本千束与右衛門屋敷が隠れキリシタンの根城になっていることをまだ知らぬのか？）

五

七日後——亮之介は、丈吉を供に吉蔵の案内で一ツ橋通り小川町の千束屋敷に足を向けた。七つ刻《どき》（夕刻四時）頃で、まだ春の陽は長い。
さり気ない風を装って、千束邸表門前を通り過ぎた。三々五々、様々《さまざま》な人たちが門を入って行く。門脇に白髪頭の小者風の郎党が立って、一人一人に低頭し、丁重に迎え入れている。見紛《まご》う筈はない。背に瘤を背負った容貌《ようぼう》の、お雪の従者だ。

「旦那、あれが吾助とかいう、お雪嬢様とか云って、くっ付いていた爺やでさぁ。あれで身のこなしは素早ェんですぜぇ」

「ああ知ってる。箱根の宿で御対面済みだ。先日も善國寺で見掛けた」

その時、石畳にカッカッカと蹄《ひづめ》の音も高らかに、騎馬一頭が千束邸に駈け込んで行った。歩く人は塀際に身を寄せて馬を見送った。

「何か動き出したな……吉ッ、オメエ又ひと肌抜いてくんな。天井裏へ忍び込むんだ」

「へぇ、ひと肌と云わず、ふた肌でも三肌でも脱いじまいますぜ。素《す》っ裸《ぱだか》になるのも厭《いと》いやせん。じゃ、早速」

「危ねえ橋は渡るんじゃねえぞ」

「合点承知！　へぃ、お任せなすって」

云うや否や、人気《ひとけ》の途絶えたのを見定めて、三、四歩駈けて、七尺高の土塀を片足で蹴って飛翔し、瓦葺《かわらぶ》きの塀に蹲《うずくま》った。後ろを振り返って、片手を振ってヒョイと裏庭に姿を消した。

何時見ても鮮《あざ》やかな手並みだ。いや、足並みだ。亮之介と丈吉は顔見合わせて感嘆の吐息を吐《つ》いて歩き出した。

すれ違う親子連れ、夫婦らしき男女、老婆《ろうば》、老爺《ろうや》──、どの顔も喜色に溢れ、内なる充実感が手に取るように感じ取れる。キリスト教を信じる者の、今日の集《つど》いを待ち望んでいたのだろう穢《けが》れの無い、純粋な信仰心が溢れ出ていた。

亮之介はすれ違う人々を見遣《みや》り乍ら、二百年前の、改宗させようとの拷問や踏み絵による強引な幕府側の禁教策を思った。未《いま》だにそれは尾を引いて、隠れキリシタンを摘発し、改宗させようとの公儀の方針は変わらず、厳しい取り締まりは手を抜くことなく続けられている。

その二百年前の残酷無残な拷問、踏み絵を忘れることなく、その子孫が深く静かに潜行して信仰を続け、幕府憎しと怨念を燃え滾《たぎ》らせている、ということか――。

血に染まった呪《のろ》いとなって血生臭《ちなまぐさ》い殺し合いを続けているのだ。

（俺はどちらの味方に付いたら良いのだ？　どちらに肩入れしたら良いのだ？）

亮之介にとっては、今度ばかりは悩ましいところであった。

向かうは呉服橋御門内北町奉行所、大草高好奉行の元へ――。今や亮之介にとっての駆け込み寺だ。高好に会って言葉を交わせば何故か、それは指針となり心が安らぐのだ。

いつも、『すべてお前に任せた、頼りにしている、思い切り剣を振るえ、責はわしが負う』の言葉ばかりだが、亮之介は父親に甘えるような気分と、居心地の良さを味わうのだ。

「御前、本日は大した進展もなくご報告すべき案件も御座いませぬが、罷《まか》り越《こ》しました。暫時《ざんじ》、忌憚《きたん》なきお話を致したく……」

「おぅ、亮之介、その方の武勇談など聞きたいものよのぅ。どうじゃ、最近は……斬り捨てるべき悪党が居らぬか？　その後、隠れキリシタンの連中と、松平伊豆守様との暗闘は如何相成《いかがあいな》って居る？」

「はっ、その件で御座いますが、それがし今、どうしたものかと暗中模索《あんちゅうもさく》の心境で御座います。これまでは、何の迷いもなく、正義のためなら、微かな躊躇《ためら》いもなく、悪を斬り捨てて参りましたが、此度《こたび》は切っ先が鈍ります。剣尖をどちらへ向けるべきか……」

思い煩《わずら》う眼を畳の一点に据えて、眉宇を顰《ひそ》めて溜息吐《つ》き乍らの亮之介――。

高好にとっても、このような優柔軟弱な亮之介を目にするのは初めてであった。

「亮之介、分かるぞ。御公儀から禄《ろく》を食《は》む奉行所の役人としては、大名及び旗本たちを救うのは当然の責務であろう。ましてや、幕府より禁じられた宗教を信じる輩《やから》の、二百年前の怨念を晴らさんがための所業など処断して構わぬのじゃ。何を迷う。何を戸惑う。正義を生きよ」

――父、一郎太の最期の言葉だ！　愕然として眼を上げ、息を詰めて高好の顔を注視した。

高好の厳しい双眸が、にっこりと微笑み、穏やかな口調に変わって云った。

「亮之介、何故徳川家《とくがわけ》が二百年もの長きに亘って武門の棟梁《とうりょう》として君臨し、この武士社会の先頭を歩み、余の者が付いて来たか分かるか。良きに付け悪しきに付け、武家諸法度《ぶけしょはっと》、御定法《ごじょうほう》を定め、それに則《のっと》った政《まつりごと》を進めて来た結果じゃ。我等御公儀より禄《ろく》を食《は》む者は、髪の毛ひと筋の疑心も持ってはならぬのじゃ。ただただ、ご政道に忠実に生きねばならん。ましてや、江戸の町を取り締まる奉行職とあらば、当然のことであろう。亮之介、何を悩む、何を思い患《わずら》う、ただ己の信ずるままに正義を邁進《まいしん》せよ」

高好の頑固一徹《がんこいってつ》、北町奉行としての信念の吐露であった。

「されど御前、例繰方の書庫にて紐解いた二百年前の〈天草の一揆〉〈島原の乱〉は、鎮圧するための幕府軍の余りのなされ様は眼を覆うばかりの残酷無残な攻め方、落城後の拷問で御座いました。その急先鋒、総指揮が松平伊豆守信綱様。今、信教の自由を掲げておきながらキリスト教のみ弾圧迫害し、眼の仇にする御公儀のなさり様は、それがしには……」

調べ書き帖からまざまざと踏み絵の残酷さ、改宗を迫る拷問の惨さが浮かび上がったが、亮之介は敢《あ》えて、記憶の糸を手繰る思いを留め、胸の裡《うち》で呟いた。

（所詮俺は、北町奉行直属の隠密廻り同心じゃねえか、天下の御政道に盾突いてどうする。我が身を知れ）

亮之介には、激動する世情に棹《さお》さす能力はない。

父と慕うお奉行大草高好に会って、胸襟《きょうきん》を開いての語り合いであったが、遂に心は晴れず、重い思いを胸に仕舞っての、帰途の足取りであった。

暮れなずむ茜色の夕空を背景に、今日も江戸城の威容が聳《そび》え立っていた。

いらか雲がゆっくりと西の空へ流れて行く。風に揺れるお堀端の柳の枝も、その芽も緑色を濃くして初夏はもう直ぐそこだ。

八丁堀組屋敷の我が家の冠木門《かぶきもん》を潜《くぐ》り、「お静、今帰ったゼェ」と声を掛けた。

第二章　隠れキリシタンの女

一

「真壁様、ご家来の丈吉親分がお目に掛かりたいと参っております」

中間の忠助が、奉行所役宅、奥にある同心部屋前の廊下に跪《ひざまず》き、声を潜めて告げた。

春の夕も暮れなずんで、そろそろ奉行所の大門も閉じようとする四つ半（午後五時）に近付く時刻だった。普段は、岡っ引きなんぞ上がることも罷《まか》りならぬ奉行所役宅の長い廊下を、中《ちゅう》間《げん》忠助の配慮によって案内された丈吉が肩をすぼめて後ろに従い、神妙に廊下に手をついて畏《かしこ》まっていた。

丁度、〈天草の乱〉の調べ書き帖を繰《く》っていた亮之介が、それを閉じて振り返って訊ねた。

「おぅ、丈吉、どうしたい？　緊急の用か」

「へい、旦那ッ、お隣の御殿様が何処かへ出掛けやすぜ。周りを強そうなご家来衆と、此の間雇い入れたばかりの小汚ぇ浪人が七、八人従って、たった今お屋敷をお駕籠に乗って出て行きやした」

「よし、追い掛けよう」

右脇に置いた〈備前長船〉を手にして立ち上がった。

「真壁さん、何か事件ですか？　私もお連れ下さい」

前の長机に座した北見兵馬が、御馳走を見付けた犬っころのように、舌なめずりし乍ら擦《す》り寄って来た。

「兵馬、オメエの出番はまだ先だ。腕撫《ぶ》して待ってな。そン時になったら声を掛けてやらぁ」

兵馬を見下ろして云って、大刀を左腰に手挟み乍ら部屋を素っ飛び出た。

「吉蔵はどうした」

早足で廊下を歩き、後ろを振り向き乍ら丈吉に問うた。

「へえ、あっしらを待ち乍ら尾《つ》けてるからって、云ってやした」

「よし、急ごうッ」

夜の幔《とばり》が下りようとするこの時刻に、松平伊豆守が、家臣のみならず雇われ用心棒らしき浪人群も引き連れて、何処へ行こうとするのか？

奉行所を出て右へ曲がり二丁程先、和田倉御門の角に、吉蔵が焦《じ》り焦りと、足踏みし乍ら待っていた。亮之介と丈吉は足を速め、漸《よう》く追い付いた。

「旦那、ホラ、この内堀沿いに八代州《やよす》川岸をまっつぐ、あっ今、馬場先御門を渡りやすね。ということは。西御丸下。御老中水野様のお屋敷ですかねえ……」

堀沿いの左側には、松平周防守《すおうのかみ》、松平内蔵頭《くらのかみ》、土井大炊頭《おおいのかみ》ら大名屋敷が連なっている。吉蔵が訳知り顔で、ああ〜、と掌に拳を打って云った。

「それで、ゆんべ、馬に乗ったお侍ェが千束邸に知らせに駆け込んだんだな」

「うむ、御老中より松平伊豆守様のお役、奏者番頭《そうじゃばんがしら》か寺社奉行として火急の呼び出しだろう。それにしても、厳重極まりねぇ供揃いじゃねえか。これじゃ手は出せねえだろう」

田沼玄蕃頭《げんばのかみ》邸、平岡丹波守《たんばのかみ》邸の間に、広い空き地が広がっていた。そろそろ春の夕暮れの陽も落ち、薄暮《はくぼ》の時刻だ——。逢魔《おうま》が刻《とき》ともいう。突如、立花出雲守《いずものかみ》邸の塀の陰から、十数人の武士、浪人の集団が降って湧いたようにわらわらと白刃振りかざして雪崩《なだれ》込んで来た。

松平伊豆側も予期して待ち構えていたのか、慌てず騒がず、各々抜刀して迎え討った。忽《たちま》ち、双方の喚声と、白刃を叩き、噛み合う音が沸き起こった。三十数人が入り乱れて斬り合う様は、凄まじい光景であった。腕が切れ飛び、頸《くび》が千切れ、指が散らばり、眼を覆う凄惨な現場が展開した。亮之介一行三人は、丹波守邸の陰から、しばし静観していた。

襲撃者の中に、ひと際俊敏な動きで伊豆守護衛団《ごえいだん》を斬り伏せる若侍一人と、背の曲がった小男の小太刀《こだち》を手にしての斬撃が眼を引いた。この二人、一片の贅肉《ぜいにく》の陰もなく、張り詰めた体躯はしなやかで、手、腰、足の動作が野獣のそれのように敏捷《びんしょう》である。斬るという一つの目標に向かって動く時、躰は鞭《むち》の一振りのように宙空に閃いた。見る者の心胆《しんたん》を寒からしめる凶気を放っている。恐るべきその斬殺剣《ざんさつけん》！

襲撃者に斬り立てられ、松平伊豆守が乗っているであろう権門駕籠に迫られ、家臣団は駕籠中心に固まって主人を守ろうとする隊形を組んだ。

「お駕籠に近付けるな！　殿をお守りするのだッ」

追い詰められた家臣の一人が顔ゆがめて叱咤《しった》した。剣術指南役の森山玄蕃だろう。多勢に無勢ではない、人数では四十人近い駕籠揃えの伊豆守側が勝《まさ》っていたのだ。それだけ、襲撃者側に手練者《てだれもの》が多いということか……。

伊豆守危《あや》うし、と見た亮之介が意を決して駕籠脇に駆け寄り乍ら抜刀し、声を掛けた。

「ご助勢仕《つかまつ》る！」

声と同時に、斬り込んで来た浪人を抜き打ち袈裟斬りで斬り下げた。そ奴が血飛沫《しぶき》噴いてのけ反って斃《たお》れた。駕籠を守る側用人《そばようにん》か、中年の恰幅ある武士が眼を見張って云った。

「忝《かたじけな》い！　殿、お駕籠を出てはなりませぬぞ」

その時、すぅ〜と亮之介の真ん前に立ち塞がった若侍が、この喧騒の中でもはっきりと聞こえる静かな声音で云った。

「神楽坂、善國寺以来のお目もじですね」

「栗栖雪之丞か。その前は箱根の峠《とうげ》だった。そン時ゃお前さんは女だったぜ」

剣士同士のみに通じる眼の光芒、見合いだったが、薄暗がりの中でもお雪の頬が朱に染まったのが分かった。

「嬢様、なんばしちょっとかッ！　怨敵《おんてき》は目の前ですたい！」

吾助と呼ばれた爺やが小太刀を振り上げて着地して叫ぶその横から、別の侍が駕籠に向かって切っ先を突き込んで来た。

「松平伊豆ッ、お命頂戴！」

その突きを峰でカッ弾《ぱじ》いて、亮之介が呵責《かしゃく》なき袈裟斬りでぶった斬った。

虚空《こくう》を掴んで倒れ伏す侍を眼の隅に捉えて、透き通った声が辺りに響いた。

「吾助ッ、みんなッ、引き揚げるぞッ！」

雪之丞が剣を引き納刀し乍ら叫ぶと、先頭切って駆け去った。残った七、八人の襲撃者たちが続いて、姿を消した。

駕籠の戸を引き開けて、松平伊豆守だろう半白髪の痩身の武士が出て来た。

「わしは松平伊豆じゃ。その方に救われた、礼を申す。その方、名は何と申す」

亮之介は片膝付いて仰ぎ見て、神妙に云った。

「はっ、北町奉行所、隠密同心真壁亮之介と申します。お見知り置きを」

「おう、お隣さんではないか。毎朝閣議で会うて聞き及んでいたが、お前さんのことか……気にしてくれてありがとよ。明朝、高好に礼を云おう」

七万石のお大名が世事に富んだざっくばらんな磊落《らいらく》な人物であったことに、亮之介はほっとした。それにしても御城の西の丸下、将軍お膝元で、このように大胆不敵な血生臭い殺戮《さつりく》が起こって良いものだろうか。四囲を見渡せば斬り裂かれた屍《しかばね》が何体かと怪我人も転がって凄惨極まりない惨状を呈している。間もなく目付が駆け付け、厳重な吟味、検視が行われることだろう。町奉行所と、松平伊豆守寺社奉行では手が配れぬ管轄なのだ。

　亮之介のみが、この騒動の事の起こり、裏に潜む原因を知っている――。

「伊豆守様、明朝にも、お奉行共々お屋敷へ訪《おとな》ってもよろしゅう御座いましょうか。それがしなりに探索致しました事柄をご説明に参上致したいと存じますが……」

「うむ。忝《かたじけな》い、待って居るぞ。わしはこれから御老中の元へ火急の御用で行かねばならぬのじゃ」

「もう本日はき奴らも襲っては参りますまい。ではご無礼仕りました」

　奏者番頭、寺社奉行の、半分の人数に減った行列は提灯《ちょうちん》の灯《ひ》を灯し、静々と老中水野邸へ向かって進み出した。

　――亮之介はその足で、奉行所へ戻り、高好に面会し、明朝の松平伊豆守邸訪問を約し、呉服橋御門を後にした。

二

久し振りに、亮之介、丈吉、吉蔵主従の姿が、日本橋木挽町《こびきちょう》の居酒屋〈平助《へいすけ》〉に在った。尾行、探索、忍び込みの張り詰めた日々の合間に、『息抜きにチョイと一杯呑《や》るか』と亮之介が誘ったのだ。先程、内堀沿いの大名屋敷の並ぶあの場所で大立ち廻りがあった後だ。三人とも気が昂《たかぶ》っていた。縄暖簾《のれん》の内から平助の声が迎えた。

「へ～い、いらっしゃいやしィ。お三人さんご一緒とは嬉しい限りで御座んすねえ。本日は舌が溶ろけそうな旨ぇ肴《さかな》を取り揃えておりやすぜェ。お千代ちゃ～ん、燗酒三本だよぉ～」

「へ～い」

打てば響くように、お千代の元気の良い返事が返って来た。

「お～い、爺《と》っつぁん、オメエも交ざりな。一緒に一杯呑ろうぜ」

「そうこなくっちゃいけねえ。嬉しいねぇ～、お仲間に加えて貰えるなんざぁ」

初めからその気だったろう、平助はもう己の猪口《ちょこ》を手にして、床几《しょうぎ》に座り込んだ。小女《こおんな》のお千代が銅壺《どうこ》から上げた熱々のチロリを手に、『へ～い、お待つどうさま～』と、まだ会津訛りの抜けない愛嬌を振り撒いて酌をしに卓に寄った。

「お千代坊、余ってる付き出しを皆～んな持って来て出しちまいな。今夜は早仕舞いしちまったっていいんだ。ところで旦那、今夜は、何か目出てえことがおありなすったんで？　お三人お揃いで……、盃に酒は入りやしたかい？　さぁ、参《めえ》りやしょう、参りやしょう、グッとね」

　相変わらず能天気な平助爺《と》っつぁんの、お先っ走りの音頭取りであった。

　丈吉と吉蔵が神妙に両手で猪口を捧げて、「旦那、頂きやす」と口を付けた。

「おぅ、オメエらもここンとこ、忙しくって御苦労だったなぁ。さあ、今夜は骨休めだ、存分に呑みねえ」

　亮之介の労《ねぎら》いに、二人の配下は、「へい恐れ入りやす」と唇尖らせて盃を迎えに行き、ずるっと音させて呑み干した。亮之介は盃をゆっくり唇に近付け、すぅと呑み干した。侍と町人の呑み方の違いだ。

「何ですよ～ぉ、あっしだけ仲間外れですかい？　一休何《いってえ》があったんで？」

　一人むくれて口とんがらせて拗《す》ねる平助に、亮之介が云った。

「つかぬことを訊くが、爺っつぁんとこの仏様は、何だ？　どうなってる」

「へっ？　あっしんとこは、昔から、南無阿弥陀仏で御座んすよ。それが何か？」

「一つ、汝《なんじ》、父母《ふぼ》を敬うこと、一つ、汝、人を殺すなかれ、一つ、汝、姦淫《かんいん》するなかれ、一つ、人の物を盗むなかれ、一つ、偽の証言はしてはならない、一つ、隣人の財産をむさぼってはならない……分かるか」

　亮之介が重々しくも、然し謡《うた》うように節をつけて宣《のたま》った。

「へぇ、なんじとか……なかれとか……難しゅう御座んすねえ。そりゃぁ、父ちゃん、母ちゃんは大事にしなきゃいけねえ、お千代、分かってるか？　なんじ、人を殺すなかれッ、そうだ、当たりめえだ。けど、旦那みてぇに悪い奴はぶっ殺してもいいんでやんしょ？　そいから、人の物は盗んじゃいけねえ、これも当ったりめえだ。姦淫するなかれッ、こいつが一番難しい、あれのこってしょ？　姦淫しちゃならねえんですかい？　へぇ〜。これが南無阿弥陀仏とどう関わって来るんで？」

丈吉と吉蔵が顔見合わせて首振った。こりゃ駄目だ、と……。

「よしよし、小難しいことはもういいや、酒が不味《まず》くなるだろ？　爺っつぁん、悪かった。いつも通り呑《や》ってくんな。オメエらもそうだぜ。済まなかった」

亮之介の胸中には重く圧し掛かっていたが、敢《あ》えてその考えを振り払って盃を口に運んだ。

平助が、まだこだわっているのか、ぶつぶつと云った。

「旦那、盗んで殺す奴がまだデケェ面して、のさばっていやすぜ。不知火《しらぬい》組の奴らが、七日程前に、日本橋の両替商に押し込みやがって、家族・雇人合わせて十五人皆殺しでさぁ」

亮之介の胸に、近頃の隠れキリシタン事案にかまけて忘れていた不知火組の一件が頭をもたげた。忘れてはならぬ父の仇なのだ。二兎を追うことになろう。江戸市中を恐怖の坩堝《るつぼ》に陥れている不知火組――気を尖らせて追うのだ。亮之介は苦い酒を口に運び、呑み込んだ。

翌《あく》る朝五つ（午前八時）、――亮之介と北町奉行大草安房守の二人は、奉行所と背中合わせの隣、松平伊豆守屋敷を訪《おとな》った。

流石《さすが》に、三河吉田藩七万石藩主、松平伊豆守信順《いずのかみのぶより》の上屋敷――格式高い表門に立つ門番に来意を告げると、折り目正しい礼で、暫時お待ち下さいますよう、と通された奥の次の間で待たされたが、掃き清められ、手入れされた庭は見事な景観を見せて心を和《なご》ませられる。遥かに築山《つきやま》が拵《こしら》えられ、池の鯉が銀鱗を躍らせている。清々《すがすが》しい初夏の朝だ。待つ間もなく、留守居役と見える武士に丁重に奥の居室へ招じ入れられた。

伊豆守は高好とは毎朝、御城の閣議にて顔を合わせ、知己《ちき》の仲だ。下へも置かぬもてなしで、座を勧められた。向かい合う当主伊豆守と奉行高好、伊豆守の傍らに神妙な顔付きで端座する家老の竹井武太夫《ぶだゆう》。こちらは高好の後ろに控える亮之介――。

「昨夕は、大草殿のご家来、そちらの真壁亮之介殿のご助勢を頂き、危うく命を救われた。改めてお礼申す。大草殿は、頼もしきご家来をお持ちになられてお幸せなことじゃ」

「いやいや、伊豆殿、それがしも、つい四年前、この者に同じく命を救われたという経緯《いきさつ》が御座る。云わば相見互《あいみたが》いで御座るよ。それがしも良き配下を召し抱えたものよと、心底満足しておりますのじゃ」

と一層親しみを込めた口調で、高好が亮之介を振り返って云った。亮之介は、ただ恐れ入って低頭するばかりだ。

「ふぅむ。頼もしいご家来をお持ちで羨ましい」

伊豆守が深く嘆息を吐き乍《つ》ら、まこと羨望《せんぼう》の眼で見て云った。

「卒爾乍《そつじなが》ら申し上げます。伊豆守様には、二百年前の、初代信綱様が幕府上使として切支丹討伐の命を受け島原天草の一揆鎮圧の総大将に成られての経緯をご存じあらせられましょうや」

突然の古き昔の先祖の話を持ち出された伊豆守信順は、瞬時、眉宇《びう》が曇り、額に皺寄せて、重々しい顔付きに変貌した。

「うむ、ある程度はな……爾来《じらい》、鎖国、禁教令が発令され、二百年経った未だに信徒への弾圧、改宗は進められておる。御公儀の目指す信教は仏教、神道でなくてはならぬのじゃ」

「さぁ、それで御座います、伊豆守様。二百年の長きに亘って、隠れ伏していた切支丹は爪を研ぎ、牙を隠して、復讐の隙を窺《うかが》って居たので御座います。今、肥前長崎からこの江戸へ潜入し、先祖の信徒に加えられた踏み絵、拷問の仇を晴らそうとの決意を籠めて、集結し、伊豆守様憎しと、身辺を窺い、昨夕の襲撃が敢行されたものと推察致します」

「な〜る程。そういうことであったか！」

信順が、のんびりと得心した風で云う傍から、亮之介が重ねて口を挟んだ。

「それがしどもの探索によれば、一ツ橋小川町の幕臣千束与右衛門邸に七日に一度、隠れキリシタンの信徒が集い、彼らの神、イエズスのマリアの像に祈りを捧げておる模様。中でも、栗栖雪之丞と申す異国との混血の女の剣は、それがしも敵わぬやも知れぬ手練者で御座います。

従者に吾助と申す小太刀を遣うせむし男も付き従い、お命を狙っております。今後も昨夕の如き突然の襲撃も考えられますので、何卒、充分に身辺をご注意あらせられますよう進言仕《つかまつ》る次第で御座います」

「うむ。このところ当方の家臣が命を狙われ、次々と襲われておるのは存じて居る。二百年前の怨念がのぅ……幕府のご方針であったから、その成され様を拒絶することもならなんだと存ずる。長き者には巻かれろとの言葉もある」

「泣く子と地頭には勝てぬ、の言葉も御座いまするぞ」

亮之介の歯に衣着せぬ恐れを知らぬ云い様に、一瞬、伊豆守の表情も固まったが、突如、大口開いて哄笑《こうしょう》した。

「わっはっはっは、こ奴、云い難《にく》いこともずばりと申すのぅ。高好殿、良いご家来をお持ちじゃ。いや、今朝の訪いを感謝致す。御忠言通り、留意致そう。真壁亮之介よ、有難き進言であった。さて、大草殿、互いに登城の時刻じゃ。では後程、御城にて。失礼致す」

二人して奉行所に戻り乍ら、高好が頬を緩ませてにこやかに云った。

「亮之介、礼を申すぞ。伊豆殿もご安心召され、御言葉通りご留意致すことであろう。早朝から御苦労だった」

「ははっ、行ってらっしゃいませ」

奉行所式台で高好を見送り、八丁堀の組屋敷に一旦戻った。

贔屓《ひいき》の客の髪を結ってから帰った吉蔵に、千束家に滞在していると思われる栗栖雪之丞宛てに認《したた》めた封書を渡し、使いを頼んだ。

三

『栗栖雪之丞殿　それがしは北町奉行所隠密廻り同心、真壁亮之介と申す者。過日、ふた月も前になるか、箱根山中にて雲助に襲われた長崎より上府中のお雪殿をお救いした者で御座る。恩を着せる心算《つもり》は毛頭御座らぬが、栗栖殿とは、昨夕、松平伊豆守様のお駕籠を襲撃した折と、先日善國寺境内での松平家家臣二名の斬殺をしかと見せて頂いた。恐れ入ったるお腕前、……奉行所にて吟味探索し、二百年に亘《わた》る切支丹弾圧の事実、踏み絵、拷問など詳細に調査し得心致した心算で御座る。積み重ねた遺恨の存念を承《うけたまわ》りたく、ついては本夕申《さる》の刻《こく》（午後四時）上野不忍池《しのばずのいけ》畔の料理茶屋〈芳乃家《よしのや》〉へお越し願いたし。一献《いっこん》差し上げたいと存ずる。如何？』

——亮之介としては、この二百年の長きに亘る怨念の復讐、御公儀に対する抗議、信教の自由、切支丹が最早隠れていなくともよい世にしたいとの真情を理解し、説得し、もうこれ以上の殺戮は留めねばならぬとの決意を秘めての封書であった。

（来てくれるか？）一抹《いちまつ》の不安を抱いて、不忍池畔の料理茶屋〈芳乃家〉を訪れた。今は、贔屓《ひいき》の辰巳芸者芳吉《よしきち》が居抜きのまま継いで〈芳乃家〉と名を変え、代替わりして暖簾を掲げている。蓮《はす》の葉が緑の色を濃くして咲く不忍池を眺め乍ら、料理茶屋〈芳乃家〉の表に立った。粋な黒塀に見越しの松、水色の暖簾を撥《は》ねると小女《こおんな》のお光が、

「あっ真壁様、お出でなされませ、もうお待ちで御座いますよ」

と、こまっしゃくれた口調で迎えた。

丁度その時、上野寛永寺の鐘が七つの刻《とき》を打った。きっかり申の刻だ。格子戸を開け、打水の打たれた三和土《たたき》に立つと、女将《おかみ》のお芳が、艶っぽい笑顔を崩して招き入れ、

「まぁ、真壁の旦那ァ、お久しゅう御座います。お連れ様はもうお見えで御座いますよ。さぁさぁ、どうぞ」

と手を引っ張られて廊下を歩むと、控えの間に岩の如くに固まって端座する吾助と呼ぶ老爺が目に入った。一瞬とて離れることの出来ぬ忠実な部下、養い親代わりの従者であった。

それを気味悪そうに横目で見て通り過ぎたお芳の案内で、不忍池が見渡せる奥の間の障子を開けて、お芳が云う。

「お待ちどう様でした。お着きで御座います」

亮之介は座敷に一歩足を踏み入れて、心の臓がドキッと鳴るのを覚えた。

そこには、案に相違して若侍栗栖雪之丞《くりすゆきのじょう》ならぬお雪が、艶然と座していたからだ。手紙の送り状は、栗栖雪之丞宛てであったのに……。

堅気の姿ではなかった。磨いて一皮剥《む》けた滑らかな肌と、すっきりと際立った仇《あだ》っぽい着付

けに色香が匂っていた。事実、いつもの芳香馥郁《ほうこうふくいく》たる匂い袋が良い香りを放ち、男の気を惹き、溶ろけさせるようだ。鳶色《とびいろ》の眸《ひとみ》の目元と形の良い口元に、男好きする優しさがあった。

敷居際で立ち竦《すく》む亮之介に女将のお芳が、「ささ、旦那」と床の間を背にした上座を勧め、座布団を敷いた。刀架《とうか》に大刀を掛け、脇差はそのままに座して、左側に脇息《きょうそく》を引き寄せた。

「旦那、ご酒《しゅ》は直ぐお持ち致します。お料理はお任せ下さいまし。お気に入りの肴を取り揃えて直ぐに……ごゆっくりと」

障子戸を閉めて去るお芳の、衣擦れの音が遠ざかった。

暫くは、し～んと、何となく気《き》まずい静寂の刻《とき》が流れた。やがて、静かに口を開いたのは、亮之介の方からだった。

「お雪さん、一別《いちべつ》以来だな。栗栖雪之丞殿が現れると思ってたが、まさかお雪さんとは……」

お雪が恥ずかし気に亮之介を見て、眼を伏せた。

「お雪さん、率直に申し上げるが、此度《こたび》の上府の目的である松平伊豆守様への遺恨は、既に二百年の年月が経ち、当代の信順様を狙っての襲撃は、的外れ、筋違いと申しても誤りではないと、それがしは思うのだが、これを中止する気にはならぬか？　ならぬ堪忍、するが堪忍の言葉もあるぞ」

じっと俯《うつむ》いたまま聞くお雪の相貌には、頑《かたく》なな信念を貫き通す意志の強さが感じられた。何か言葉を待ったが、閉じられた唇からは、ひと言も発せられなかった。

亮之介は、手を替え、懐柔策《かいじゅうさく》に出た。

「箱根以来だが、その後、心の臓の痛みや差し込みは出ないのか？　案じていた……」

「真壁様、あの折は助けて頂いて有難う御座いました。……あれ以来、あなた様の面影が忘れられず、雪の心は挫けそうになります」

突如、予期せぬ言葉が雪の口から発せられ、亮之介は虚を突かれてふっとお雪を凝視した。

「固い決意で吾助爺《ごすけじ》いと、心を一《いっ》にする仲間たちと共に上府し、徳川の天下に一矢《いっし》報い、我等切支丹への弾圧を排除したい。信教の自由を勝ち取り、もう隠れずとも安穏に暮らせる世にしたい、との決心で御座いました。けれども、その決心も挫けてしまいそうです。松平伊豆が二百年前に行った踏み絵や拷問を恥じ入らせ、その遺恨と怨念を晴らそうとの決意が鈍ります」

と、そこまで一気に喋ったお雪の体勢が、突如崩れた。張り詰めていたものが支えを失った如くに――。

「亮之介様、あたしはあなたのこつば好いとっと。好きばい！　幼き頃より、あたしの周りには男ン子はお父《と》しゃまと吾助爺いの他には居らなんだばい。亮之介様の男の優しさに触れて、忘れることが出来んとばい。箱根の宿で会った時以来、雪は亮之介様のこつば、ずっと好いちょりましたばい」

鳶《とび》色の眼が真剣に亮之介の眸の奥を覗き込み、真情を吐露し訴えている。

亮之介は年甲斐もなく、己が狼狽《うろた》えるのを制止出来なかった。まことの心中が弾ける時は、我知らず故郷の長崎弁が口から迸《ほとばし》り出てしまうのだろう。九州女の熱い真情が感じられた。

その時だ。障子の外から、わざとらしい、コホン、と咳払いが聞こえて障子戸が開いた。多分立ち聞きしていたのだろう、女将のお芳が廊下に跪《ひざまず》き、二段に重ねた脚付き膳を座敷に運び込み、膝でにじり入り、馴れ馴れしく云った。

「ささ、真壁の旦那、お熱いところをお一つ……」

と、盃を手に持たせ銚子を傾ける。

注がれ乍ら眼を遣ると、お雪は躰を硬くして俯《うつむ》いている。

それを横目で見遣《みや》り乍《なが》ら、お芳はあてつけがましく云った。

「旦那、奥方様はお元気ですか？ やや子はまだ出来ないンですかぁ……」

一度、女房のお静を伴って、この〈芳乃家〉で遊んだ時に、お静とお芳は女同士意気投合したのだ。それ以来、芸者でも居ようものならお芳は、亮之介に変な虫がつかぬようにとの身びいきを隠そうともしない。この時も、これ見よがしに、女房贔屓《ひいき》を曝《さら》け出し、お雪の横恋慕を挫こうとの算段が窺える。お芳へのあからさまな挑発、いや、嫌がらせだ。

燃え上がる熱情に水を差された格好に、お雪はハッと気付いたのか、躰から熱がスゥ～と抜け出て醒めて行くのが手に取るように分かった。

「女将、大事な話がある。二人だけにしてくんな」

「はいはい、野暮な邪魔者はさっさと消えましょうね、ごゆっくり……。お雪さんとやら、旦那のお相手を宜しゅうお願い致しますよ」

お芳はまだ妻のお静を気にし乍らだろう、馬鹿丁寧な敵愾心《てきがいしん》丸出しの思いを皮肉っぽく残し、障子戸をそっと閉めて姿を消した。

――ぎこちない静寂の気配が座を支配した。表で、小鳥の囀《さえず》りが爽やかに聞こえる。夕陽に照らされて障子に映る庭の木の小枝の影が揺れていた。

「お雪さん、今日もその帯の後ろ結び目には小太刀が仕込んであるのかい。俺はお雪さんのそれは見てねえが、吉蔵という手下が、一乗院で二人の武士を斬った様子を逐一見ていたんだ。恐ろしい小太刀を遣うらしいねぇ……」

「……爺《じい》やの吾助に、天草で野山を駆け廻り、幼い頃から仕込まれました。誰にも負けない剣術です。この刃は、徳川の幕閣、特には松平伊豆守へ向けられるべき復讐の剣なのです」

「然し俺の浅学に依れば、あんたたちの信じる宗教の道義に『右の頬を叩かれたら、左の頬を差し出せ』とかいう穏やかな教えがあるとか聞いてるぜ」

「いえ、目には目を、歯には歯を、という言葉もあります！」

キリッと結ばれた口元と煌《きらめ》く眼の光芒が、お雪と呼ぶ女から栗栖雪之丞に入れ替わり、心底から変貌したのが亮之介には判然《はんぜん》と分かった。愛らしい長崎弁も消えた。

「いや、その過激な言葉は、ただ復讐しても良しという単純な意図ではないらしいぞ」

鳶《とび》色の瞳の眼光がギラッと光って、まともに亮之介を見据えた。

「いいえ、我等のご先祖が受けた害と同じだけの害を与えて仕返しをせねば、我等の気持ちは晴れませぬ」

「では今後も栗栖雪之丞、伴天連《バテレン》のお雪として、幕臣、あるいは幕閣のお偉方の命を狙って斃《たお》すことは止《や》めないということだな」

静かに盃の酒を干し乍ら、亮之介の眼もじっとお雪、否、栗栖雪之丞を見据えていた。

「そういうことです。次、何処かでお会いした時は剣を交えることになりましょう。先程のお雪が口走った言葉はお忘れ下され」

姿は仇っぽい女の形《なり》だが、口を衝いて出てくる言葉は、最早お雪の言葉ではなく、冷徹《れいてつ》な栗栖雪之丞そのものであった。冷たく、厳しく、挑むような眼の強さは正視出来ぬ、魂の籠った強い光芒を放っていた。

「次、何処ぞで出遭って剣を交える時は、どちらかが命を落とす時です。では、その時まで……お会い出来て良かった。踏ん切りがつきました。では御免下さい」

何の未練も逡巡も見せず、さっと立ち、女だてらに大股に、畳を踏んで部屋を出て行った。

吾助、行くよ、の声が廊下の遠くに聞こえた。

一人残った亮之介は、手酌で注ぎ、複雑な思いを抑えて静かに盃を傾けた。

(仕方のねえことだ) 胸の裡《うち》で呟いたが、箱根の宿のお雪の面影の糸を手繰《たぐ》ってみる気は起こらなかった。胸中には、不敵な呟きがあった。『女と思うな。雌雄《しゆう》を決するのみだ』——と。

第三章　不知火《しらぬい》組異聞

一

亮之介は、両国広小路の賑わいを抜け、更に浅草方面に足を向けた。

定廻り同心ではないが、常日頃、江戸の町、そこに暮らす庶民の生計《たつき》を知りたいと思い、あちこち歩き回るのが好きであった。この日は、丈吉も吉蔵もそれぞれの役目に徹して、千束屋敷、伊豆邸に監視で張り付いていた。亮之介が、浅草への途中、雑踏を避け、人気《ひとけ》のない一筋裏道を歩いていると、突然殺気立った男たちのやり取りが聞こえて来た。その方向に足を向けると、数人の男たちが険しい表情で対峙していた。

「テメエ、何処へ隠しやがったぁ？」

「へん、オメエらには決して見つからねえ処だぃ」

まだ二十歳も前だろう遊び人風の若者一人に、一目で無頼漢と知れる破落戸《ごろつき》三人が、匕首《あいくち》を手に手に殺意丸出しでその若者を囲んでいる。若者は武器を手にしていない。

「野郎ッ、ぶっ殺すぞ！」

「殺《や》ってみろい。俺は断じて口は割らねえぞ」

様子は分からないが、不穏な様相は只ならぬ気配だ。思わず亮之介は声を掛けた。

「こんな往来で何の騒ぎだ？」

三人の無頼漢の一人が振り返って、噛みつくように喚《わめ》いた。

「侍ェにゃ、関わりのねえこったッ、スッ込んでろい！」

「何の得物《えもの》も持たぬたった一人に、数人で襲うなど卑怯ではないか」

奉行所お仕着せの黒紋付の巻き羽織を着ていない着流し姿だから、ただの素浪人と侮られたか……。

「やかましいッ。テメエから……」

声と同時に、九寸五分の匕首を腰だめに、気の短い一人が亮之介目掛けて突っ込んで来た。

亮之介には緩慢《かんまん》な動きに見えた。腕前をひけらかす積もりは無いが、黙って見逃すことは出来ない。みすみす眼の前で人が刺されるのを放ってはおけなかった。

躰を右に躱《かわ》して、足を飛ばして相手の脛《すね》をかっ払った。男の躰は宙に浮き、ものの見事に頭から地面に転がった。もう一人のやくざ者が、若者相手に匕首を振りかざした。

亮之介は、後ろからその手首を押さえ、逆に捻《ひね》った。グキッと音がして、アイテテテ、と情けない悲鳴を上げ、匕首を取り落とし、手首を抱えて、振り返った。多分、折れただろう。

「野郎ッ、何しやがる！」

「サンピン、邪魔するねぇ」

喚いた兄貴分らしいやくざ者の片目には黒い眼帯が嵌められ、匕首の切っ先は亮之介の腹を狙って敵愾心《てきがいしん》丸出しで牙を剥《む》き、揺れている。

「昼日中、町の真ん中でたった一人に刃物を振り回すなんざぁ、危なくて見ちゃいられねぇ。他の通行の皆さんに怪我ぁさせたらどうする。ドスを仕舞え」

「洒落《しゃら》くせぇ。テメエから殺ッちまうぞ。野郎ッ」

腹を狙って突いて来るのを、躰を捻って躱し、手刀で匕首持つ手を、パシッと打った。間髪を入れず、その手刀は喉笛にめり込んだ。少年の頃会得した、関口流体術の急所打ちだ。ゲッ、と喉を押さえたその片目は、恐怖の色に見開かれていた。残ったもう一人、頬に刀傷の男は既に逃げ腰で、兄貴分を抱えて落ちた匕首を拾い上げた。

「伝蔵兄哥《でんぞうあにい》、大丈夫かい？」

「サンピン、覚えてやがれ！　おぅ、巳之吉《みのきち》、命拾いしたなぁ。忘れねぇぜ。せいぜい、用心するんだな」

三人の無頼漢が捨て台詞《ぜりふ》を吐いて逃げ去ろうとするその後ろ姿に、巳之吉と呼ばれた若者が怒鳴り返した。

「何をほざいてやがる。テメエらこそ、用心しろよぉ」

亮之介が歩み寄り、声を掛けた。

「おい、巳之吉とやら。怪我はなかったか?」

振り返った巳之吉が、その若々しい顔を紅潮させて太々《ふてぶて》しくうそぶいた。

「おぅ、お侍ぇさん。余計なお世話だったぜ。あんな奴ら俺一人だってどうってこたぁなかったんだ。……けど、助かりやした。ありがとよ」

(強がってはいるが、芯《しん》から悪い奴ではなさそうだ)

「俺は真壁亮之介という者だ」

町方同心だとは明かさなかった。

「ふぅ〜ん。ご浪人とも見えねぇが、何処にも仕官してねぇんだったら、あっしの用心棒を引き受けちゃくれめえか。さっきの腕前を見て、そう思った。あっしは今みてぇに悪ィ奴らに狙われておりやすんで」

「用心棒? なぜ狙われている」

「へっへっへ、チョイと恨みを買いやしてね。ヒトを探してるんだが、こんな目立つ処をウロチョロしちまったあっしが悪ぃんでさぁ。用心棒の手間賃は幾ら高くても構わねえ。引き受けてくれやせんかい?」

手間賃の多寡《たか》を気にしないという口ぶりに、それ程裕福にも見えなかったので、亮之介は奇異な面持ちを抱いたが、面白半分で、もう引き受ける気になっていた。

「うむ。引き受けんでもない。ただ毎日おぬしに張り付いているわけにはいかねえがな」

「おぅ、それで結構だ。こんなところで立ち話もナンだ。その辺の茶店にでも入って、話を決めようぜ。付いて来なせえ。贔屓にしてる店がある、こっちだ」

巳之吉は、こちらの都合も訊かずにスタスタと慣れた調子で歩き、一丁程先の〈浮草〉と軒提灯の掛かった小料理屋風の格子戸を開けた。まだ店は開く前だったが、遠慮する様子もなく暖簾を撥ね上げた。おぅ～い、女将《おかみ》さ～ん、巳之吉だ。上がるぜ、と声を掛け、黒光りして磨き込まれた廊下を奥へ進む。

「まぁ、巳之さん、何だい、こんな真っ昼間から、ウチはまだ開いちゃいないよ」

三十路《みそじ》を幾らか越えたか、小粋な感じの女将が出て来て、親し気に文句を言った。

「分かってるって。チョイと部屋を貸してくんな。このお侍ぇとチョイと話をな。銚子を二本程と鰻《うなぎ》の蒲焼を頼まぁ。安さんはまだかい」

「板さんが居なくたって、それぐらいあたしにだって……それより巳之さん、このお武家さんは……」

好奇心丸出しで女将が近付いて、亮之介の顔を振り仰いで巳之吉に訊いた。

亮之介の背丈五尺九寸、秀でた額、黒々とした眉、優しいが張りのある眼、鼻筋の通った高い鼻梁、男らしい凛《りん》とした面相は人目を惹く。特に、女性《にょしょう》には……。

「なぁに、チョイと相談ごとがな。……二階の〈柳の間〉を借りるぜ」

「ああ、お夕さんのことかい？　何か手掛かりがあったのかい？」

「ま、いいってことよ。さ、旦那、こちらへどうぞ」

二階の奥の間の襖《ふすま》を開けて入ると、そこは眼の前に大川の流れがゆったりと広がり、眼下に柳の木が風に揺れている居心地の良さそうな座敷だった。

巳之吉が、壁に山水の墨絵の掛け軸の掛かった床の間を背にした上座に座布団を敷き、脇息《きょうそく》を置いて、へえ、こちらへどうぞ、と指し示した。その手際の良さに亮之介は、余程馴染みの店か手慣れた遊び人かと想像した。遠慮せずにどっかと胡坐《あぐら》を掻いて座した。

「で、早速だが巳之吉さん、話を聞かせて貰おうか。人探しだとか……」

膳の真向かいに正対して端座した巳之吉が、クックッと喉で笑った。

「旦那もせっかちだねぇ。酒が来てからだって……ま、いいや。こういうこってす」

長い話が始まった――。
「あっしは、葛飾郡亀有村《かつしかごおりかめありむら》の庄屋の家に生まれやした。親父は何代も続く土地持ちの大地主でやした。あっしは三歳下の幼馴染み、お夕という娘が好きになりやしてね、『オメエは俺の嫁になるんだぜ』と二世を誓う恋仲となりやしてねぇ。へっへっへへ。ところがお夕は、小作人の百姓の娘、村の誰もが俺たちの仲を認めておりやしたが、親父だけは、あんな水飲み百姓の小娘など娶《めと》らせるわけにはいかん、と家柄の格の違いを理由に、断固として反対して、俺たちの祝言《しゅうげん》を許しちゃくれなかった」

巳之吉は遠い眼をして、その頃を思い描き乍らだろう、訥々《とつとつ》と語った。

「けど俺ぁ、頑固な親爺に負けなかった。可哀想なのはお夕だった。だんだん村の連中からも、この身の程知らず、と悪口を云われ、石まで投げつけられる始末だった」

——父親の反対も村中の非難も陰口も気にすることなく、お夕との逢瀬《おうせ》を重ねた巳之吉は、父親を頼らずとも生きて行けるよう、隣町の錠前屋に弟子入りして修業したそうだ。

「お夕に苦労掛けるわけにゃいかねえ。何か手に職を付けて、二人で喰って行かなきゃならねえと、錠前屋に弟子入りしたんだ。厳しいおっかねえ親方だったが、俺にゃ見込みがあると云って、手取り足取り、そりゃ細かく教えてくれた。俺も後がねえと思うから必死だったさあ。お蔭で、どんな錠前も開けられるし、絶対に開かねえ鍵も造れるようになったんだ。親方は、俺の根性を褒《ほ》めてくれたっけ……」

お夕は亀有鎮守《ちんじゅ》様にお参りして掌を合わせ、巳之吉命、お夕命、と互いの名前を書いた紙片をお守り袋に入れ、それを交換して首から紐で吊るして夫婦約束の誓いとしたという。

『お夕ちゃん、俺はオメエだけがこの世で一番大事だ。何が遭っても付いて来てくれるかい？』

『巳之吉さん、あたしだって……一生付いて行きます。決して離さないでね』

抱き合って見上げるお夕の信じ切った瞳は、生き生きと輝いていた。

「ところが、お夕の二つ違いの兄貴、左之助ってのが土地の金貸しの親分の源蔵の博奕場《ばくちば》に出入りして、見る間に借金が三十両に膨れ上がっちまった。おそらく左之助が甘い言葉に釣られてイカサマ博奕に誘い込まれての借金だと俺は見抜いたんだが、どうする術《すべ》もなかった。いや実は俺も、以前誘い込まれて引っ掛かったことがあったんで覚えがあったんだ」

源蔵一家の返済を迫る追い込みが、連日続いたそうだ。

巳之吉は父作右衛門に、お夕の兄左之助の博奕の借金の立替えを頼んだが、お夕の件も含めて、けんもほろろの扱いで、言い争いの末に遂に勘当を言い渡されてしまった。次男坊の作次郎に家督を譲るというのだ。

元々巳之吉の、生来の弾けたような生き方、荒っぽい気質は変えようがなかった。巳之吉は肚を決めた。お夕と二人手に手を取っての駆け落ちを決意したのだ。お江戸に出れば、若い二人が喰って行けるぐらいは苦にもならないだろうと考えたのだ。巳之吉は父親に談じ込んだ。

『お父っつぁん、家督を弟に譲るにゃ文句はありません。だが長男の俺にも取り分はある筈だ。百両、遺産分けだと思って、先に分けてくれ。そしたらあとは、何の文句もねえ。二度とこの家の敷居も跨《また》がねえ』

この申し入れは、尚更、作右衛門の怒りを買った。こっぴどく撥ねつけられたのだ。

この父とのごたごた騒ぎの最中に、お夕が兄左之助の博奕の借金のカタに、女衒《ぜげん》に身売りされてしまった。巳之吉は、妹をカタにした左之助をなじり、殴りつけた。そして、匕首を懐に入れ源蔵一家に乗り込んだ。お夕の行方を教えろと談じ込んだのだ。

せめて売り飛ばした女衒の名をと。そんな者は知らねえ、とうそぶく源蔵に怒りを募《つの》らせ、匕首を揮《ふる》って腹を刺し傷付けた。子分たちと役人にお尋ね者として追われ、郷《くに》を捨て出奔《しゅっぽん》した。逃亡者として江戸市中に潜伏したのだ。そして、お夕を捜し歩いた——。

女衒に売り飛ばされたということは、吉原遊郭か何処かの岡場所《おかばしょ》しかあるまいと見当を付け、探し回った。幕府公認の吉原遊郭の女郎屋を訪ね、亀有在のお夕という女が何処かの見世《みせ》に居るかと訊いて回ったが、全く相手にされず、馬鹿にされて放り出された。

「お夕？　源氏名《げんじな》があるだろう。なんて名前だ？　女郎は何千人と居るんだ。そン中から、たった一人お夕って女を探すなんざ、神様でもなけりゃ出来っこねえ。諦めな諦めな」

遊郭内を仕切る忘八《ぼうはち》（仁・義・礼・智・信・忠・孝・悌の八徳を失い、人別帖からも消された者）たちの何人かに追い出された。

吉原遊郭の元締め、というよりも、関八州《かんはっしゅう》の裏世界を牛耳る大名並みの家禄を戴く白銀弾正《しろがねだんじょう》に頼み込んで、探し出してくれるよう金を包んだが、無駄に終わった——。

長い話は終わった——。

巳之吉の涙を浮かべた縋るような眼差《まなざ》しが、亮之介の胸を打った。

「先程、やくざ者らしいのに襲われていたのはどういう訳だ？」

途端に、巳之吉の相貌が歪んだ。

「あっしは自棄《やけ》のヤンパチで、江戸へ逃げる途中、博奕場で出会った盗賊不知火組の子分たちに錠前師の腕を買われて、一度だけ両替商を襲う一味に手を貸したことがありやした」

「何っ、不知火組《しらぬいぐみ》？　どういうことだ」

亮之介の胸に突如、父一郎太の無念の最期の姿が浮かび上がった。たった一人で、不知火組を追い、多勢に無勢で勘助と呼ぶ頭領に傷付けられ、奉行所同心としてのお役目を地に落としたと切腹を言い渡された、あの屈辱の思いが再び頭をよぎった。お上の理不尽なお裁きに従容《しょうよう》と従った父、一郎太の姿が甦った。

思わぬところで、こんな若造から不知火組の名を聞こうとは……。顔付きが変わった亮之介に気付きもせず、巳之吉は口ごもりつつ話し始めた。

「あっしはその賭場で、どんな錠前でも開けられるぜ、とデカイ口を叩いたんでさぁ。そしたら直ぐに誘いがありやしてね、あっしは一回こっきりの腹積もりで加わったんでやすが、そん時、魔が差すと云いやすか、千両箱一個を掻っさらってその場から姿を消しちまいやした。これだけありゃお夕を足抜きさせて、二人だけの生計《たつき》も心配は要らねえだろうと……」

「オメエ、どうしてさっきの奴らに狙われたんだ」

「浅はかで御座んした。あれが、そン時の不知火一味の奴らで、バッタリ出食わしやしてあのザマで……千両箱を何処へ隠した、早く出せ、と。へん、あっしは金輪際《こんりんざい》出しっこありゃしません。あの金でお夕を身請けしようと、ある場所に隠してあるんでさあ」

亮之介は大きな溜息を吐《つ》き、腕組みして考え込んだ。

「ううむ。これは難事だなぁ。巳之吉、オメエもお夕さんを探し出せても、押し込み盗賊一味の悪事に手を貸して千両という大金を奪ってるんだ。御公儀役人に知れれば只では済まねえぜ」

「旦那、そんなこたぁ先刻承知だぁ。お夕と一緒になって、短ぇ間でも暮らせたら俺ぁ本望だ。太く短く生きるのよ」

「巳之吉、それは危ねえ考え方だ。平和になごやかに暮らす術《すべ》を考えねえとな……」

「旦那ッ、そんなお説教は聞きたくもねえ。この話は無かったことにして貰ってもいいんだぜ」

いや、今度は亮之介の方が、嫌でも引き受けたくなった。

「いや、オメエのお夕さんに対する真情を聞いたからには、放っては置けねえ気分だ。やらせて貰おう、引き受けた」

巳之吉の顔が輝いた。

「有難ぇ。旦那、恩に着やす。俺も俺なりに動いてみるが……旦那ぁ、何処にお住まいなんで？　七日に一遍くれぇ訪ねて行きまさあ」

まさか八丁堀同心組屋敷に住んでいるとも云えなかった。

「いや、お前は何処に住んで居る？　俺が訪ねて行こう」

巳之吉は渋い顔をして云った。

「旦那こうしやしょう。此処、この店でどうですい？　この〈浮草〉でお会いしやしょう。ねえ？」

亮之介にとっては、ひょんなことからひょんなことに関わる仕儀になってしまったが、禁教を追う事件に余り乗り気でない自分が、面白半分、気晴らしに引き受けた感が強かった。いや、父がしくじり切腹の御沙汰を命じられた件にも関わる手掛かりになるかも知れぬのだ。あだやおろそかに、考えていてはいけないのだ。気を引き締めて亮之介は、巳之吉と別れた——。

二

数日後、朝、独り稽古の後の遅い朝餉《あさげ》を摂《と》っていると、格子戸が慌ただしく開いた。玄関口で大声が聞こえた。

「師範代《しはんだい》ッ、真壁殿ッ、道場破りですッ！　早く、お早く道場へいらして下さいッ」

上がり框《かまち》まで出てみると、桶町《おけまち》千葉道場の高弟《こうてい》であった。

「おう、山下、どうした血相変えて……？」

おそらく、京橋桶町道場からここ八丁堀まで走り詰めだったのだろう、しとどの汗に濡れて、息もゼエゼエと喘いでいる。

「真壁殿、三、四人が苦もなく捻《ひね》られて、遂には小柴又五郎氏《うじ》もやられました」

「何、小柴もか？　どんな奴だ？　何流を遣《つか》う？」

「はい、それが……男装の若い女です。それも異国との混血の……」

（お雪だ、栗栖雪之丞だ！）

脳裏に閃いたのは、過日松平伊豆守のお駕籠を襲った時に見た凄まじい電光の太刀捌きだった。あれに立ち合って互角に勝負出来る門弟は、今の桶町千葉道場には居ない。

――この時代、道場破りが横行していた。

藩廃絶により諸国から禄《ろく》を失った武士が、江戸ならば何とか喰うことぐらい出来るだろうと安易な気持ちで集まって来るのだ。然し、河岸での荷揚げ荷下ろしの人足とか、壊れた寺の石垣積みとか、河浚《かわざら》えとか、汚れる力仕事ばかりなのだ。これを日当三百五十文程度の手間賃で引き受けなければ生きては行けない。あとは、細々と傘張りや、虫籠造《むしかごづく》りとか……。

剣の腕に自信のある浪人たちは、裕福な商家の用心棒とか、剣術道場に乗り込んで立ち合い、勝てば「看板を貰って行くぞ」と脅して、幾ばくかの金を手に入れる。中には道場の奥座敷に通され、小判一両二両にあり付ける者もいる。そこに付け込んでの道場荒らしと呼ばれる破落戸《ごろつき》浪人たちが溢れているのだ。その道場荒らしが今、我が北辰一刀流、京橋桶町道場に現れ、高弟たちもやられているという。

（直ぐにも駆け付けねば……）

「お静、出掛けるぜ。千葉道場が危ねえんだ」

「お前様、御膳《ごぜん》がまだ一膳ですよ、お腹が減っちゃいますよ」

「俺が行かなきゃならねえッ。朝飯は後だ」

お静は既に武士の妻に成り切っている。何も云わず床の間の刀架から大刀を袂で握って膝付いて差し出した。亮之介には「常在戦場」の意識が脳に沁み付いている。道々、山下に訊いた。

「どんな剣を遣うんだ?」

「それが何流か……小太刀です。稽古着に着替えもせずにそのまま……。こちらは面、胴、籠手と完全防具で固めても、目も当てられません。餓鬼扱いにあしらわれて……、ここは一つ、真壁殿に助けて頂いて何とか面目を保たねば北辰一刀流の名が地に墜ちます……それで息せき切って駈け付けた次第で……」

やがて、京橋桶町、北辰一刀流の看板を掲げた千葉道場——。

式台を駆け上がると、シ〜ンと静まり返った百畳敷の道場が眼前にあった。

「あっ、師範代」「真壁さん」「遅かったァッ」などと、混然としたざわめきが沸き起こった。

上座を見れば、周作の弟、師範の千葉定吉《ちばさだきち》の姿は無かった。次男栄次郎は廻国修行中《かいこくしゅぎょうちゅう》、三男道三郎《みちさぶろう》は水戸藩武術指南で召し抱えられて留守、定吉は教授はしていたが、最早老齢で自ら立ち会うことはない。

嵐の過ぎ去った後の如く道場内は静まり返り、お雪の、否、栗栖雪之丞の姿は何処にも無い。

道場のあちこちに門弟たちが固まって、気絶したり、痛みに耐えて唸っている仲間を介抱していた。その中に、南町同心、剣友小柴又五郎の姿を見付け、近寄って訊ねた。面当てを外した相貌は蒼白に変わり、汗が滴《したた》り落ちていた。

「小柴さん、あなたともあろう方が……」

これ以上、言葉が無かった。

胴、籠手の防具を外した小柴又五郎が呻くように云った。眼が充血していた。

「真壁さん、無念だッ、あんな若造に。それも女だ。一本は取ったが、立て続けに面と突きを喰らってな、お恥ずかしい……然し、あんな太刀捌《さば》きは初めてお目に掛かった。凄まじい跳躍力と俊敏さでなぁ……恐ろしい遣い手だった！」

「小太刀だってなぁ」

「そうだ。拙者の三尺八寸の竹刀《しない》が届かなかった。そこを掻い潜って見事に打ち込んで来た……おぬしでも敵《かな》うかどうか……」

「うむ。実は俺も以前見ているんだ。背中の曲がった小さな爺さんが付いてなかったかい？」

「おぅ、居た居た。薄気味悪い爺《じじ》ィだった。あそこの隅に座り込んで、ただ黙って見ていただけだが……」

道場の式台脇の方に顎をしゃくった。

「肥前天草の岩山や野っ原で、獣のように駆け回って修行したそうだ。得体の分からぬ剣を遣う……云わば、自己流だな」

「おぬし何故それを知ってる。うむ、さもあろう。ではなくして、あのような斬り方、突き方、躱《かわ》し方は出来ぬだろう……拙者も初めて見た、初めて剣を交えた……」

「南町では御存じか、此の処の松平伊豆守様を狙う一団があることを……」

「ははぁ、先日の西の丸下辺りでお駕籠を狙っての乱闘で御座るな。うむ、聞き及んでは居るが、まさか、あの若衆が……」

「いや、そのまさかだ。名は栗栖雪之丞というのだが、そ奴の指揮で勇猛果敢な斬り込みでなぁ、俺は目の前でそれを見て、伊豆守危うしと思って助けに入ったのだが……、その太刀筋はしかと眼に焼き付けた」

「ふぅむ。何ゆえ、このような仕儀に及ぶのか……北町では掴んでおるのか？」

「ああ、驚くなよ。……二百年前からの怨念が絡んでいるのだ！」

「何とッ、二百年前……」

小柴又五郎は絶句して目を見張り、亮之介を凝視した。

「……切支丹だ。隠れキリシタンだよ！」

「ははぁ、それであの異人の、赤茶けた髪の毛と白い肌か……」

「そういうことだ。踏み絵、拷問、改宗の強要……積念の恨みは深く、ご公儀に復讐し、信教の自由を認めさせようとの信念は微塵《みじん》の揺るぎようもない。今までの我等のように、押し込み盗人《ぬすっと》強盗団を相手にするのとはわけが違う。それだけの信念を持って根が深いということだ」

「然し何故、我が桶町道場へ乗り込んで、命を懸けての熾烈《しれつ》な他流試合に及んだのか……分からぬ。我等幕臣の剣の技量を確かめようとの魂胆があってか。これは、他の練兵館《れんぺいかん》の神道無念流。士学館《しがくかん》、鏡新明智流《きょうしんめいちりゅう》にまで乗り込んで挑戦しようとの目論見《もくろみ》があってのことか……いずれにしても大胆不敵な挑戦だ。我等剣を学ぶ武士階級を完膚《かんぷ》なきまでに叩き伏せ、奴らの威勢を示そうとの狙いだろうか？　真意が分からぬ」

「小柴さん。俺が他の道場を当たってみるよ」

その時だ、若い門弟が泡食って駆け込んで来た。亮之介を見付けると。駆け寄り、両手を付いて急《せ》き込んで云った。

「師範代《しはんだい》ッ、奴らここを出ると、その足で麹町三番町の練兵館へ他流試合に乗り込みましたぞ。奴らの住処《すみか》を突き止めようと後を尾けたら、途中で練兵館へ乗り込み我等と同じ有様で御座る」

「よし、九段坂だな！　俺が見て来よう」

立ち上がると、小柴又五郎が下から見上げて云った。

「俺も同道しようか」

「ハッハッハ、子供の使いじゃあるまいし、俺一人で大丈夫だよ。チョイと覗いてみるだけだ。別に立ち会うわけじゃねえ」

京橋桶町から九段坂下俎橋《まないたばし》まで、亮之介の足なら四半刻《しはんとき》（三十分）の距離だ。練兵館道場の表へ近付いても、常時聞こえる煩《うるさ》いくらいの竹刀の打ち合う音、攻守の甲声《かんごえ》が全く聞こえない。武者窓から覗くと、今しも、練兵館四天王の一人と目される大山儀十郎が、あの背の曲がった小男、吾助と呼ばれる爺やと道場中央で睨み合っていた。

五、六十人の門弟が壁際に居並び、息を殺して見詰めている。上座には道場主斎藤弥九郎《さいとうやくろう》の姿は見えない。長男の新太郎は廻国修行中、三男歓之助《かんのすけ》は大村藩に剣術指南役として仕官して留守だ。塾頭《じゅくとう》の長州の桂小五郎《かつらこごろう》（後の木戸孝允《きどたかよし》）が端座して、その白晳《はくせき》の顔を強張らせて見詰めている。その脇にあの栗栖雪之丞が稽古着にも着替えず、あずき色の小袖、半袴《はんばかま》の若衆姿で整然と座している。

大山儀十郎が悠然と上段に構えて迎え討とうとしている。吾助は、じっと動かない。いや、目線も動かさない。眼は何処を視ているのか？　伏し目気味に項垂《うなだ》れて、岩の如くにどっしりと動かない。五感のみが働いているということか――。大山が焦れたか、上段からの凄まじい打ち込みが風を巻いた。岩をも砕かんばかりの打ち込みであった。

と、吾助の喉から「キェ～イッ」と怪鳥《けちょう》の如き奇声が迸り、その躰が宙空《ちゅうくう》を跳《と》んだ。

亮之介の眼は捉えた――。木刀は、大山の面垂《めんだ》れの隙間に狙い澄まして突き込まれた。大山の両足は空中に浮き、後ろに一間も跳ね飛ばされ、後頭部を道場の床板にぶつけて昏倒した。大山を見守る道場内の門弟のすべてが、「オウッ」と声にならない声を発して身を乗り出して見守った。着地した吾助は脱力したようにだら～んと佇立《ちょりつ》している。

大山は多分喉笛を潰され、悶絶していることだろう。今の電光石火の早業を見破った者は亮之介以外に居なかったであろう、と思われる。

上座からの一声が、静まり返った空気を切り裂いた。

「お見事！　それがしがお相手仕る。桂小五郎と申す、当道場の塾頭を務めて居る。師範及びご長男は只今廻国中で留守ゆえ、それがしが……」

「桂ッ、もう良い。この場は引き取って頂きましょう」

と、道場上手から一声、静寂の空気を切り裂いて、凛《りん》とした制止の声が響いた。

今、練兵館の客分指南、岡田吉貞《おかだよしさだ》（二代目岡田十松《じゅうまつ》）の声だった。

桂が気色ばんで身を乗り出し、岡田にむきになって云った。

「御師範、それでは練兵館神道無念流の名が廃《すた》れます。何としてもそれがしが……私の二段突き、三段突きが受けられるや否や、勝負だッ！　おい爺い、若造と思うなよッ、私が相手だッ」

血気盛んな長州藩士、桂小五郎はもうすっかり頭に血が上っている――。

と、それまで壁際に並んでいた門弟たちの何人かが立ち上がり喚いた。

「押し包んで叩きのめせッ、このまま帰してはならん、眼に物見せてやるのだ！」

ウオ～ッとの雄叫びが吼《ほ》え、門弟全員が吾助を取り囲んだ。師範代岡田十松の制止の声も最早、聞こえぬ、抑えの利かぬ群集心理が働いて、木刀、竹刀《しない》を手に手に怒涛《どとう》のように押し寄せて取り囲んだ。五、六十人は居るか――。

それは突然始まった――。中央に佇《たたず》む吾助の躰が跳躍し、手に持つ小木刀が眼にも止らぬ速さで閃いた。肉を打つ音、骨を叩き折る音、そして悲鳴、絶叫、呻き声が重なり、門人たちの躰がぶつかり合って転倒し、皮膚が裂けて血が迸った。その時だ！

上座座敷に座っていた筈の栗栖雪之丞の姿が、道場の真ん中に降って湧いたように立ち上がった。いつ潜り込んだのか？　印を結ぶかのように左手の親指、人差し指、中指を立て、瞑目《めいもく》してその形の良い紅唇が呟きを漏らし、何やら唱え始めた。まじないの言葉か――。

すると、どうだ！　周りを取り囲む門弟たちの気が抜け、魂を吸い取られたが如く脱力し、木刀や竹刀が、ダラリと下に降りた。幻術か？　妖術か？　亮之介も初めて眼にする光景だった。武者窓から覗きつつ、慄然と背に粟《あわ》が生じた。

雪之丞が静かに、吾助行くぞ、と、ひと声云い放ち玄関へ歩き出した。

あとには怪我人だらけの門弟たちが苦痛の呻きを漏らし唸り乍ら、のたうち回る姿のみ。立ち竦む門弟たちを分けて、何事もなかったかの如く、玄関板壁に架けられた預けた大小を取って帯刀し、練兵館道場を後にして出て行く。亮之介は只、見守るばかりだ。去って行く水も滴るような男装の若衆と、背の曲がった老従者を――。

（恐るべき相手、あの業《わざ》を封じる手立てがあるのか――）

初めて――、立ち向かっても跳ね返されるだろう己の姿が眼に浮かび、闘志が委縮するのを覚えた。達人は達人を知るか――。

三

日本堤から衣紋坂《えもんざか》を下り、五十間で幕府公認の唯一の通路があり、大門を潜《くぐ》ると吉原遊郭――足抜き防止の高い塀と、〈お歯黒どぶ〉と呼ばれる塀に囲まれて二百五十軒もの女郎屋が見世《みせ》を構えて、三千人を超える遊女が毎晩男たちの相手をする隔絶された楽園があった。

辰の刻（午前八時）から亥《い》の刻（午後十時）まで、大門は開いている。亮之介が吉原遊郭を訪れたのは、卯月（四月）の生暖かい陽もとっぷりと暮れて、前日栗栖雪之丞主従が千葉道場と練兵館の道場破りをした二日後のことだった。父の切腹の因となった不知火組が関わるとはいえ、何故、これ程巳之吉とお夕のことが気に掛かるのか、自分でも分からなかった。

あちこちの女郎屋に華やかに灯が入り、朱色に塗られた窓格子越しに、白粉《おしろい》を塗りたくった遊女が、今夜の相手を探して色っぽく手招きしている。遣り手婆さんの呼び込みの声が騒がしい。歳取って皺だらけの顔に白粉を塗った女郎が亮之介の手を引っ張り、

「お侍さん、イイ妓《こ》がおりますよ。上がってお行きよぉ～、ねえ」

と色気たっぷりに迫られたが、やんわりとその手を外して訊ねた。

「済まん。少々物を訊ねたい。お夕さんと呼ぶ女性《にょしょう》を探している。心当たりはないか？」

「おゆう？　あ、ウチにも一人居るよ」

「本当か。葛飾郡《かつしかごおり》亀有村の出だ。年は十八歳」

「さあ……在所は何処だったかねぇ。歳は確かぁ……」

思い出そうとするのか、髪の中に指を突っ込んでぼりぼりと掻いた。

「うむ。済まねえが、呼んでくれぬか」

袂から一朱銀を掴み出し握らせると、途端に声が引っくり返って裏返り、窓格子に並ぶ遊女たちの奥に座る女に声を掛けた。

「おゆうちゃん、おゆうちゃん、お客さんだよ。さ、早く早く」

はいよぉ～と、だるそうに近付いて来た女は二十を幾つも越えた年増に見えた。上がり座敷の角の柱に手を掛け、亮之介を見下ろし乍ら、舌足らずの喋り方で訊いた。

「あちきがおゆうでありんすが、何か御用かえ？」

顔は白粉で真っ白だが、首筋は白粉焼けで浅黒い。年季の長い女郎に見えた。

「いや、済まん。間違えたようだ。他の店を当たってみよう」

「この間もおゆうさんて名の妓を探して、威勢のいいお兄さんが来たがねぇ」

(巳之吉だ)

「お夕の名の女は何人もいるのかな？」

「さあねぇ～、大門脇の面番所で訊いてご覧な。この中の女たちのことは一から十まで掴んでいる筈だよ」

「済まぬ。行って訊いてみよう」

その年増のおゆうに礼を云って、早速大門脇の面番所の腰高障子を開けると、土間でとぐろを巻いていた五、六人の忘八《ぼうはち》どもが剣呑《けんのん》な顔付きで振り返った。どの顔も、この世の悪事を遣り尽くした面相だ。額に〈悪〉とか〈犬〉とか入れ墨されている。二の腕には二本の青黒い筋が彫り込まれている。今度奉行所に捕縛されたら、獄門晒し首は間違いなしの連中だ。

「おぅ、お侍ぇッ、オメエさんが顔出すような場所じゃねえぜ。何用だ！」

「ひとを探している。お夕という名の葛飾、亀有村在所で十八歳になる。何処の見世に居るか分からねえかな」

「そんな名の妓が、〈千鳥屋〉に居たんじゃないかえ？　わちきが一遍見たことがありんすよ」

その声の主が奥の暖簾を掻き分けて出て来た。白塗り化粧を施した六尺豊かの屈強な男だった。亮之介は、大の男が白粉を塗って女言葉を喋るのが気色悪かった。

「おう、吉次兄哥《あにぃ》、この侍ぇがその女を探してるらしいですぜ」

「ふぅん。おい清吉。オメエの帳面を調べてみな。いや、面倒臭ぇ、今千鳥屋へ行ってそのお夕って女郎が居るかどうか、当たってみな」

へい、と応えて、色白の若い忘八が素っ飛んで消えた。

「いやぁ、済まねえ。助かった」

二百五十軒もの見世を一軒一軒当たる手間が省けて、亮之介はほっと安堵の吐息を吐いた。

「けど、お侍ぇさん、地獄の沙汰も金次第、って言葉をご存じかえ？　只程、高いものは無いのでありんすよ。お分かりかえ？」

「うむ。心得ている。ただ本日は手元不如意に付き、一両ぐらいだったら……」

「冷やかしか、このひょうろく玉ッ。これだけ俺たちの手を煩わせて、それっぽっちのお涙金かぁ！　舐めるんじゃねえぞッ」

別の蓬髪《ほうはつ》ザンバラの荒くれ男が、いきなり亮之介の襟を掴んで揺さぶった。

亮之介はなすがままにいたぶられていたが、余りの執拗《しつよう》な絡み方に思わずそ奴の手首の急所を捻った。アイテテテと、だらしなく大男が悲鳴を上げた。関口流柔術は無手勝流だ。

「済まねえ。俺は自慢ではないが柔術の達人だ。怪我をするぜ」

「野郎ッ、デケェ口を叩きやがって！」

「生きて帰れると思ってやがるのか」

痛がる大男を庇《かば》うように、野郎ッ、サンピン、と喚いて破落戸《ごろつき》たちが牙を剥いた。あっという間に何処に隠していたのか、それぞれが手に手に得物《えもの》を構えていた。匕首《あいくち》、鉈《なた》、鳶口《とびぐち》など禍々《まがまが》しい刃が煌めいている。

「降り掛かる火の粉は、払わねばならねえ。よいのか」

「殺っちめえ！」

喚き声と共に一斉に襲い掛かって来た。亮之介の躰が動いた。

瞬く間にその辺に忘八どもが素っ飛び、頽《くずお》れ、重なって倒れた。

「莫迦《ばか》ッ、お止《よ》し。お前たちの敵う相手じゃないよッ」

吉次の鋭い声が飛んだ。それに被《かぶ》さるようにしわがれ声が聞こえた。

「何だ、騒々《そうぞう》しい！」

見れば、白髪を肩まで垂らした総髪の、齢《よわい》六十を越えたと見える偉丈夫が、睨《ね》め付けていた。

噂に聞く白銀弾正《しろがねだんじょう》だろうと、亮之介は見当を付けた。幕府から関八州はもとより伊豆・駿河・三河の一部までの罪人非人に号令を下す権限を与えられた大物だ。辺りを払う威厳は、思わず周りの者をひれ伏さずにはおかぬ雰囲気を裡《うち》に秘めていた。

「あ〜ら、弾正さま〜。このお侍がね、お夕ッて妓を……」

媚を含んだ声音で吉次が白銀弾正に擦り寄って云った。

「うむ。聞こえた。清吉が調べに行ったのだな。直ぐに分かるさ」

射竦《いすく》めるような鋭い眼光が、亮之介に目を留めニカッと崩れた。

がらっと戸が開いた。清吉の嬉し気な顔がのぞいた。

「いやしたぜ、千鳥屋に！　葛飾、亀有在のお夕、十八歳」

「そうか、済まぬ。直ぐにも会わせて貰いてえのだが」

「いやぁ、それがね、病を患って、今は布団部屋に投げ込まれて商売は休ませてるらしいや」

「病？ 余程具合は悪いのか？」

「労咳《ろうがい》だ、労咳！ いつまで持つか分からねえって楼主《ろうしゅ》が云ってたぜ」

情け容赦のない言葉が、清吉の口から洩れた。

「元締め、何とか会わせて貰えぬかな。是非にも会いたいのだ」

弾正がその鋭い眼を細めて、亮之介を眺め、脇の吉次に訊ねた。

「お吉、千鳥屋の楼主は惣兵衛だったか？」

「あい、わちきは懇意でありんすよ。このお侍をご案内しますのかえ？」

「そうしてやってくれ。お侍ぇ、よっぽど込み入った事情がおありのようだね。それがしの力がお入り用なら、骨を折りますよ。お前さんはその辺のお侍とは違う何かを持ってる。気に入った。野郎ども、謝れぃ！」

土間の片隅に固まって、痛む足や手首を抱えて唸っている子分たちが畏まって亮之介に低頭し乍ら、口の中でもぞもぞつぶやいた。

「いや、俺の方こそ早まった。持ち合わせが今はこれだけしかねえ。治療費に当ててくんな」

懐から一両小判を掴み、差し出した。

「あらまぁ、気前のいいことでありんすねぇ。おい、テメエら、早く礼を云わねえかい！」

吉次が女言葉からドスの利いた口調に豹変して、子分どもを叱り付けた。即座に、這いつくばった忘八たちが、お有難う御座いやす、と哀れな声を出した。

「さ、ご案内致しやしょう」

清吉が戸を開けて待つ姿勢を取った。白銀弾正の声が追い掛けた。

「又何か相談ごとがあったら、いつでも訪ねて来なせえ。力になりやすよ。わしはお前さんのその腕と気性が気に入った」

「有難い。又その節には、お世話になるかと思います」

低頭して去ろうとする亮之介の背に、吉次の焼き餅を妬く甘え声が聞こえた。

「御前様〜、わちきがここにいるのを忘れては嫌でありんすよぉ〜」

清吉の案内で、仲の町通りを右に曲がり、揚屋町の真ん中辺りに千鳥屋が在った。ここ吉原遊郭はおよそ三万坪の敷地の中には名を付けられた通りが幾筋もあった。〈千鳥屋〉と白抜きで屋号を染めた朱色の暖簾を、清吉がポンと撥ね上げて土間へ足を踏み入れた。途端に女郎たちの嬌声《きょうせい》が沸き起こった。

「あら〜清さん、御客を引っ張って来てくれたのかい？　イイ男だねえ」

「いや、あるじは居るかい？　惣兵衛さんは」

「なぁんだ。旦那ァ、お客さんですよ〜」

上がり框に続いた茶の間の障子が開いて、半白髪の欲深そうな五十近い男が顔を突き出した。

「ああ、清さん、お珍しい。何だねわざわざ……」

そう云い乍ら、抜け目なさそうな三白眼《さんぱくがん》は、後ろに立つ亮之介を下から上へ睨《ね》め回して品定めしている。

「あ、いや、このお侍ぇがな、お前さんとこでお抱えのお夕って女郎を探してみえたんだ」

「へぇ〜、あの役立たずかい。もうじき、投げ込み寺行きですよ」

亮之介が思わず急き込んで訊ねた。

「ご亭主、そんなに悪いのか。済まぬ、会わせてくれぬか」

「御親戚ですかな？　もしや、身請けをして頂けるとか？　……まぁまぁ、いいやな。おぅいお染、この方をご案内しな」

清吉が敷居際で、じゃ旦那、あっしはこれで、と小腰を屈めて云った。

去り際の捨て台詞が聞こえよがしに耳を打った。

「あ〜あ、浄閑寺《じょうかんじ》の無縁墓に葬られて短ぇ一生を終わるってぇ寸法かぁ、可哀《かえ》想に……」

柱に何本か蝋燭《ろうそく》が架けられている、薄暗い廊下を奥へ進むと布団部屋があった。案内のお染と呼ばれた女郎が、旦那、此処ですよ、と投げやりに言って、去って行った。

亮之介が、開けるよ、と声を掛けて、障子をそっと開けた。

すえっ臭い布団が山と積まれた布団部屋だった。ぼうと薄暗い行燈の灯りを受けて、綿のはみ出た布団にくるまった細い白い顔が浮き上がった。美貌と云っていいだろう綺麗な若い女が、つぶっていた眼を開けジッと亮之介を見詰めた。そして、起き上がろうと、身をもがいた。

「いや、そのまま、そのまま」

亮之介が囁くように云って、枕元に座り込んだ。

「俺は真壁亮之介という者だが、お前さんは葛飾亀有村の出のお夕さんかい」

「はい」

か細い声が漏れ聞こえ、その後、コホ、コホ、と軽い咳が聞こえた。

「良かった。お前さんを探してくれと、巳之吉さんに頼まれてね」

「えっ、巳之吉さん！」

虚ろだった瞳に見る間に喜色が浮かび、生気がみなぎった。

「元気なんですね？　巳之吉さん……」

「ああ、ここ半年、お夕さん、あなたを懸命に探していたんだよ。いやぁ、見付かって良かった。もう安心しなさい。チョイとここの楼主の惣兵衛さんに会って話をして来るからな。ほら、これを食べて力を付けないと……では」

枕元の手を付けられていなかった盆に載った粗末な夕餉の食事を手の届く近くへ押してやった。おそらく、巳之吉の名を聞いて希望が湧いたのだろう、はい、はい、と身を起こして箸と飯椀を手に取った。

帳場に戻った亮之介が、惣兵衛の前に端座した。こ狡そうな上目遣いで亮之介を見て煙管《きせる》に莨《たばこ》のきざみを詰め乍ら云った。

「旦那ぁ、お夕をどうする積もりなんで。身請けでもして頂けるんで？」

「うむ、その積もりだ。身請け金は幾らだ？」

「ええっ、ホントのことなんで。こりゃ驚いた。チョイとお待ちを」

脇を向いて小箱の中から書付の束を取り出し、指を舐め舐め捲《めく》り出した。投げ込み寺へ放り出すだけの女郎が儲け話に繋がったのだ。欲に眩んだ面相は醜く歪み、真剣そのものだった。

「おぅ、これだこれだ」

と喜色満面の顔が振り向いて。借用証文を拡げて見せた。

「女衒《ぜげん》の紋次からは、五十両で買い受けたが、直ぐにあのザマだ。十年で年季は明けるが、とてもそこまでは持たないでしょう。働けない女郎を、只飯《ただめし》食わせて飼っておくわけにもいけませんでねぇ。利息が付いて、身請け金は百両ってトコですかねぇ」

舌なめずりして見上げる惣兵衛に、亮之介は立ち上がり乍ら云った。

「分かった。では、四、五日待ってくれ」

「へっへっへへ、確かで御座いますねぇ。お待ち致しておりますよ」

揉み手で、掌を擦り合わせて上がり框まで送り、頭を深々と下げた。

四

稲荷の丈吉とましらの吉蔵の姿が消えた。

千束屋敷を探ってみるとの置き手紙があった。七日に一遍の集会に隠れキリシタンの顔をして潜《もぐ》り込む魂胆なのだろう。いつも『危ない橋は渡るな』と釘を刺してはあるが、云うことを聞かない無鉄砲な奴らだ。亮之介は二人の身を案じた。隠れキリシタンの巣窟《そうくつ》だ。危険極まりない栗栖雪之丞と吾助が待ち構えている。

（何を探ろうとしているのか？）

亮之介も、ここは一つ配下二人を見倣《みなら》って動いてみるかと、やおら腰を上げ、八丁堀組屋敷をあとにしたのは、陽も西に傾きかけた七つ半刻（午後五時）であった。

神田一ツ橋通り小川町、千束与右衛門邸——四つ筋の角の常夜灯の陰から覗くと、門前には矢張り吾助が背を丸めて来訪者を迎えている。次々と屋敷内に吸い込まれて行く信者らしき人々。吾助は愛想の無い顔でただ低頭し、何やらぶつぶつ呟き乍ら客を迎え入れている。

（顔見知りの俺では無理だ。屋敷へは入れぬ。吉蔵のように天井裏への忍び込みの技は持ち合わせてはいない）

と、すっぱり諦めた。こういう時は呑むに限る。決めたら早い、足はもう日本橋木挽町《こびきちょう》の居酒屋〈平助〉へ向かっていた。

暖簾を撥ねると、いらっしゃいませぇ〜、と小女《こおんな》お千代の明るい声が迎えた。

直ぐに調理場の縄暖簾《のれん》の間から、亭主平助の眼をまん丸にした狸面がのぞいて云った。

「あれ〜っ、今日はお供のお二人はご一緒じゃねえんですかい？」

「ああ、俺一人だ。チョイと呑ましてくんな」

まだ暮れ六つ（午後六時）の鐘を聞いたばかりで、陽も落ちてはいない夏の夕暮れだ。

「へえへえ、ウチはもう大歓迎ですぜ。さぁお千代坊、早ぇとこ酒をくんな。肴はその辺のものを適当に見繕《みつくろ》ってな、後で生きのいい刺身はおいらが切るからよ。ほら酒、酒ぇ」

まだ、他の客は居ない店で、亮之介と平助二人の酒盛りが始まった。

お千代の持って来た銚子を傾け乍ら、平助が訝《いぶか》し気に訊《たず》ねた。

「ね、旦那。いつもの御家来はどうしなすったんで？　居ねえと何だかさみしいや」

「うん、チョイと危ねえとこに潜り込んだらしいんだ」

「へっ？　危ねえところ？　いいんですかい、こんなトコであっしと呑んでて……」

「ほら、こないだ爺《と》っつぁんにも話したろ？　仏様でも神様でもねえ、イエス様というのを信仰してる隠れキリシタンの巣へ探りに行ったらしいんだ。そこにゃ、おっかねえ剣の使い手が二人も居てなぁ。正体がバレたらバッサリよ」

「だ、旦那ぁ～、早く助けに行ってやらねえと……」

「ああ、ところが俺には中に入る手段がねえんだ。さぁて、どう助けるかだなぁ……。呑みゃあ、いい考えも浮かぶだろう」

「あ～あ、のんびりしてんだから……そうですかい、じゃゴチになりやす。へい、一杯」

「まぁ、あいつらのことだ、上手く切り抜けて帰って来るだろうぜ」

太平楽な平助爺《と》っつぁんと、亮之介は盃を重ねて、いい酔い心地になって能天気に云った。

一方、巧く隠れキリシタンの振りをして会合に紛れ込んだ丈吉と吉蔵の二人は、全く仕来《しきた》りが分からず、おずおずとまごついていた。親切な年老いた商人らしき男が書き写したオラショの聖書を貸してくれたので、懸命に学ぶ振りをする。千束邸の裏庭の土蔵の中に集まった信者は、およそ三十人は居るか——。

やがて、白い透き通った布を頭に被ってお雪が登場し、壁に貼られた大きな厚い布を外すと、丈《たけ》およそ八寸、銅製の赤茶色のマリア像が浮かび上がった。おお〜、っと異口同音《いくどうおん》に感嘆の吐息が漏れ、皆、頭《こうべ》を垂れ、両掌を握り合わせた。丈吉、吉蔵の二人も倣《なら》う。聖母マリアの再来かと見紛《みまご》うばかりの後光が差すように美しいお雪が静かに宣《のたま》った。

「さぁ皆さま、イエズスマリア様へオラショの祈りを捧げましょう！」

その姿、その声音には、いつぞや吉蔵が一条院の門扉に張り付いて覗いた折の、一刀の下に二人の武士を斬殺した凄まじい殺気、烈しさは微塵《みじん》も感じられず、慈愛に満ち溢れた聖母マリアに変身したようだった。

参集した信者の間から、低い厳《おごそ》かな祈りの言葉が発せられ続けている。吉蔵、丈吉にとっては、居心地の悪い異空間に投げ出されたような錯覚の中に身を委《ゆだ》ねざるを得なかった。

「アンメンリウス」「アンメンリウス」

と合掌し、神へ祈りを捧げる。吉蔵、丈吉には針の筵《むしろ》に座るような居心地の悪い半刻ばかりの時が流れた。その後、お雪の、神への感謝の言葉があり、お導きの有難いお言葉が続き、

「皆様、今お困りの事柄は御座いませんか？」

との問いがあり、又七日後の集まりが約束され、本日は散会となった。

突如、吾助爺のしわがれた声が
「そこのお二人、暫くお待ち下され」

と丈吉と吉蔵の二人が指差された。

二人は内心ギョッとして顔見合わせたが、さり気ない風を装って、そのまま土蔵の中に取り残された。二人を残して、他の信者は訝《いぶか》し気に見返り乍ら土蔵の外へ出て行った。

何故正体がバレたろう、どんな仕打ちが待っていよう、二人はお雪と吾助の凄惨極まりない斬殺場面を見知っているから、内心の動悸が烈しく鳴るのを抑えることが出来なかった。

土蔵の出口には二人の侍が眼を光らせ、ちりぢりに分かれて去り行く信徒を送っている。やがて信徒がすべて去った後、土蔵の重い扉が閉じられ、丈吉、吉蔵は四、五人に取り囲まれた。侍三人と、吾助爺とお雪――。

「座りなさい」

真ん前に立ったお雪が静かに云った。

丈吉、吉蔵はお互いの顔を見合い乍ら、敷かれた茣蓙《ござ》の上に膝を付いた。

「あなた方は信者ではありませんね。誰方《どなた》のお引き合いで此処を知りました?」

丈吉がおずおずと信者を装って応えた。

「へえ、おらたちのように貧しい暮らしの者たちをお救い下さるとお聞きし、藁《わら》にも縋《すが》る思いで馳せ参じましてごぜえます」

「どちらから、どなたのお取り持ちですか?」

「へえ、おらは荒川を渡った向こう、佐倉《さくら》の在の丈吉と申しますだ。こいつは吉蔵と申しやす。庄屋の五郎兵衛さんのお取り持ちで御座います」

丈吉の口から、行き当たりばったりの出任せの名前がすらっと出た。

「爺や、お前、その五郎兵衛さんは知っておりますか?」

「さて、わしは一向に……顔も名も……」

吾助が深い疑心暗鬼の思いを込めた異相で、二人を下から上まで睨《ね》め廻す。寒気が二人の背を這い上がった。生きた心地がしなかった。

(さぁ、どう申し開く? 進退窮《きわ》まった……)

その時、突然、ウウッと傍に立つお雪が胸を押さえ、蒼白に変わった顔色で膝付き頽《くずお》れた。

「嬢様ッ」

何事が起こっても心を動かさない吾助が引き攣《つ》った顔に変貌し、お雪の肩を抱えて覗き込んだ。その様子は、心から孫娘を心配する爺やの表情だった。

「ご、吾助、早く〈金應丹〉の丸薬を……」

「は、はい。ここに……今直ぐに……」

あの箱根山中で、亮之介が駕籠舁《かごかき》たちの凌辱《りょうじょく》から救った後、口移しに飲ませた気付け薬だ。あれ以来、常時携行しているのだろう、吾助が差し出す印籠から取り出して、噛み砕いて飲み込んだ。忽《たちま》ち烈しかったせわしない呼吸も徐々に治まり、ほんのりと頬に朱色が戻り、生気を取り戻したのだろう、丈吉、吉蔵をしっかと見詰めて平静な声音で云った。

「分かりました。お二人とも、又七日後にお会い致しましょう。お引き止めして悪う御座いました」

「へへえ、失礼させて頂きやす」

二人は〈助かったァ〉と胸を撫で下ろし、ぺこぺこと低頭し乍ら土蔵を出た。

二人とも、一時はどうなることかと覚悟を決めたが、お雪の思わぬ体の変事が起こったせいで無事解放され、這々《ほうほう》の体《てい》で表へ飛び出した。

外はもう暮れ六つを回って、暮れなずむ東の空の低い処に三日月が上り、おぼろな雲がゆっくり流れている。初夏の陽は長い。目指す場所は八丁堀組屋敷、亮之介旦那の待つ家だ。

然し二人は、今日のことは旦那には黙っていようぜと、口裏を合わせた。危ない目に遭ったとは内緒にして、口をつぐむのだ、と約束し、二人の胸に仕舞い込んだ。

然しその頃、亮之介は居酒屋〈平助〉で爺《と》っつぁんを相手に盃を重ね、イイ心持ちに酔っていた。手下二人の危機も知らずに——。

五

翌日の夕方。八丁堀の組屋敷、真壁亮之介邸に、義弟の同心北見兵馬と手下の明神下の浅吉《あさきち》が訪ねて来た。

上がりますよ、と声がして勝手知ったる何とかで、ずかずかと座敷へ入って来た。浅吉も続く。亮之介は、お静の世話で夕餉の飯を掻っ込んでいた。お采《かず》は豆と大根の煮付けと目刺しを焼いたやつ……。

「ああ、兵馬、いらっしゃい。お前も一緒にどうだい？」

「いや、姉上、もう済ませました」

「兵馬、どうした。こんな時刻に」

「あ、そのことで御座います。お奉行からきつく探索を命じられております不知火組の一件で御座いますが、なかなか尻尾を掴めません」

「ふぅむ」

「手掛かりとして義兄上《あにうえ》からお聞きしておりました、片目に黒眼帯の伝蔵と申す子分を、この浅吉と一緒に懸命に追っておりますが……」

「うん。こっちも面白ぇことになって来てるんだ。奴らの押し込みに関わる者が居てなぁ、そいつから俺ぁひょんなことで用心棒を頼まれちまってなぁ。一味には違ぇねえんだが、無下《むげ》に一刀両断に出来ねえ事情に首を突っ込んじまったんだ。情が移っちまったというか……」

「ははぁ、義兄上らしくもない。その事情は話しては頂けませんのですね。もしも奴らの巣窟《そうくつ》に乗り込むようなことになったら……」

「ああ、分かってる。そン時は声を掛けてやる。手ぐすね引いて待ってろ」

「はい、きっとですよ。こちらも何か分かり次第……おい、浅吉行くぞ。ご無礼仕りました」

兵馬と浅吉主従がそそくさと帰って行った。

「落ち着かねえ野郎だ。おいお静、俺も出掛けるぞ」

亮之介は少し考えたが、先日の巳之吉の贔屓の店〈浮草〉へ足を向けた。

まだ宵の口だ。もしかしたら、巳之吉に会えるかも知れぬと期待したのだ。七日も待たせずに、お夕の無事を知らせてやりたかった。

大川端の〈浮草〉の暖簾を撥ねて案内を乞う。直ぐに女将が姿を見せ、あ～ら、お約束でしたか？　もうお見えですよ、と先導する。勘は当たった。巳之吉が遊びに来ていたのだ。例の二階の〈柳の間〉の障子を開けると、巳之吉が一人詰まらなそうに盃を傾けていた。亮之介の顔を見た途端に表情が一変し、嬉し気に崩れた。

「だ、旦那ぁ、あっしが来てるのがよく分かりやしたねぇ」

「いや、勘だ勘。当たって良かった」

「嬉しいねぇ。女将、酒だ酒ッ！　鰻の蒲焼にしやすかい？」

（しまった。目刺しに豆の煮付けなど喰って来なければ良かった）と内心で舌打ちをしたが、後の祭りだ。痩せ我慢でこう云った。

「いや、酒だけで結構。腹は一杯なんだ」

「……そうですかい？　ここの蒲焼は旨ぇんですぜ。構わねえ、おいらが喰っちまうから、女将二、三匹焼いてくんな。そいから酒だ酒！」

はいはい、と女将が去るのを待って、亮之介が云った。

「巳之吉、吉報だ。お夕さんが見付かったぞ」

「えっ？　ホントですかい？」

巳之吉の相貌が一瞬蒼ざめ、躰が強張った。

「ど、何処に居りやした？　旦那は会ったんですかい、お夕に？」

「うむ。吉原の〈千鳥屋〉という見世《みせ》だ。労咳を患って寝ていた」

「やっぱりかぁ……。可哀想に……」

喜びの相貌が、途端に憂いに沈んだ。

「身請け金は百両だそうだ。惣兵衛と申す楼主がそう云っていた。金は大丈夫だな？」

巳之吉の眼光が鋭く宙を睨んだ。

「へえ、じゃこれから直ぐにも大八車を引っ張って引き取りに参りやしょう。善は急げた。旦那、金を掘り出しに行きまさあ。付き合っておくんなさい」

「うむ。一度だけ　錠前破りの腕を貸して、横取りした千両箱だな?」

「へっへっへ、これからその千両箱を拝ませて差し上げますぜ。近くの寺の境内でさぁ」

「よし、一緒に行こう」

女将に提灯《ちょうちん》と小さな鍬《くわ》を用意して貰って、二人は〈浮草〉を出た。

仙台堀と小名木川を渡ると本所である。橋を渡って両国広小路。神田川に架かる柳橋を渡った。真っ直ぐ柳原土堤を歩いた方が早いが、夜鷹《よたか》が出没して煩《わずら》わしいと巳之吉が云うので、神田川の右岸沿いに歩く。

坂を上がって筋違御門《すじかいごもん》だ。閉まっていたので、その先の昌平橋を渡って神田に入る。俗に八辻が原と呼ばれて八方に道が延びている。その辻角に、高札が立てられ、野次馬が集《たか》っていた。

亮之介も巳之吉も、歩みを止めて人の後ろから覗き込んだ。〈凶賊、不知火組〉と大書されて、何枚かの人相書きが貼られていた。その中の一枚が、先日巳之吉を襲撃した仲間の一人、黒眼帯を嵌めた伝蔵と呼ばれた男の顔と知れた。あと二枚、それぞれ特徴や目立つ傷や黒子《ほくろ》が記されている。それを見た巳之吉は、フイと顔を下に向け、さあ、旦那参りやしょう、と先に立って歩き出した。亮之介は、不審なものを感じたが、後に続いた。

巳之吉は駿河台への道をとった。

「巳之吉、随分と歩いたぞ」

「へえ、御足労を掛けやした。ほら、もうそこでさぁ」

指差す先に、塀も門も崩れた荒れ寺が在った。

慈恩寺――巳之吉は、勝手知ったる何とかの風情で境内をスタスタと玄関に向かう。

腐れ掛かった式台を前にして、クルッと振り返り、ひぃ、ふぅ、みぃと大股で門に向かって七歩、そこで今度はクルッと右側に躰の向きを変えて、又、ひぃ、ふぅ、みぃと数えて七歩。

「此処でさぁ」

と雑草の生い茂った足元を指差し、ニカッと笑って振り返った。

亮之介のかざす提灯の灯りを頼りに、早速掘り始めた。一尺の深さも掘ると直ぐにカチッと音がして、巳之吉は鍬を放り出して、しゃがみ込み手指で掘り始めた。千両箱が姿を現した。蓋を開ける。提灯の灯りに黄金色の小判が輝いている。その小判の上に、九寸五分の匕首が置かれていた。巳之吉はさり気なく、それを懐に仕舞い乍ら、

「へっへっへへ、いい眺めだ。旦那、あっしは時々、鼠小僧の真似っこをしてるんですぜ。貧乏長屋の連中のびっくりした嬉しそうな声を聞くと、こっちまで嬉しくなっちまう。義賊の真似ごとは辞められませんや。けど、悪銭身に付かず、って云いやすからねぇ。その通りでさぁ旦那」

「うむ。最近、そういう鼠小僧再来の噂も耳に入って来ている。本物は鈴ヶ森でとうに獄門晒

し首になった筈なのになぁ。先日からおぬしの仕業かなとは見当は付けていた。矢張りな」

巳之吉は喋り乍ら、小判を二十五枚ずつ、四つの束に重ね、百両の金を、懐中から取り出した手拭いに包んで結び、再び懐に突っ込んだ。もう一度、千両箱に手を入れ、片手一杯に、四、五十枚の小判を掴み、当座の小遣いにね、などと云い、矢張り懐に捻じ込んだ。

寺を出たその足で米屋へ飛び込み、一両の小判をひけらかして店先に置かれた大八車を手に入れ、ガラガラと引き摺って吉原へ向かった。

途中、亮之介は誰かに尾行されているような不審な気配を察していた。巳之吉は全く気付いている様子はない。ただ、吉原にいるお夕に気は飛んでいるのだろう。巧みな尾行で姿を見せず、人気《ひとけ》のない道でも手を出して来ないことを考えると、どうやら泳がされているようだ。

（巳之吉を追っているあの不知火組の連中か？）

大門を潜ると、この前来た時と同様、遊郭は華やかに輝き、嬌声を上げた女郎たちと客の綱引きが騒々《そうぞう》しかった。その喧騒にそぐわない大八車を曳く二人に、皆の奇異な視線が集まって来る。亮之介が〈千鳥屋〉の暖簾を指差すと、巳之吉は顔を紅潮させて、威勢良く大八車を曳き、見世前に横付けして、暖簾を撥ねて土間へ足を踏み入れた。

後ろから暖簾を潜った亮之介が云った。

「御亭主の惣兵衛さんにお目に掛かりたい。先日の話で真壁と申す者が参ったと伝えてくれぬか」

帳場にだらしなく座っていた、多分、惣兵衛の情婦だろうお染と名乗った先日の女郎が、はぁい、お待ちを、と云って奥の間へ姿を消した。待つ間もなく例のこ狡そうな上目遣いで、揉み手をし乍ら、惣兵衛が満面の笑みを浮かべて現れた。

「これはお侍様、お出でなされませ。お待ちしておりましたぞ。もう身請け金の手当てが付きましたので？」

「無論だ。さあ、借用証文を頂こうか」

「へえへえ、こちらへどうぞ」

巳之吉と亮之介の二人は奥の間へ案内され、惣兵衛は神棚の飾られた下の長火鉢の前にどっかりと腰を下ろした。

「さあ、受け取ってくんな」

巳之吉が懐から、先程手拭いに包んだ小判百両を掴み出し、ジャラジャラと惣兵衛の前に積み上げた。

「びた一文も欠けちゃいねえ。勘定してくんな」

相好を崩した惣兵衛が、そうで御座いましょうとも、などと世辞を呟き乍ら、長火鉢の引き出しから、証文の束を取り出した。

唾を舐め舐め、一枚ずつ確かめて、おぅ、これじゃこれじゃ、と一枚の書付を引っ張り出し、勿体を付けて恭《うやうや》しく差し出した。

ひったくるように奪うと、巳之吉は眼を皿のようにして読み出した。

横から覗いた亮之介が、うむ、間違いない、と頷いた。

「女衒《ぜげん》から五十両で買ったもんが百両か！　阿漕《あこぎ》な商売だねぇ、御亭主」

巳之吉が皮肉たっぷりに云うのに、せせら笑って惣兵衛が云った。

「ふん。この値だったら、年季明けまで十年は掛かる。石ころが流れて木の葉が沈む世の中だ。これが常で御座んしょう」

巳之吉が受け取った証文を丸めて火鉢に突っ込むと、ボッと火が点き、メラメラと燃え上がった。

「さあ、これできれいさっぱりだ。お夕に会わせておくんなさい」

「おい、お染、ご案内しなさい」

不貞腐れたようなお染の後ろについて、薄暗い廊下を布団部屋まで案内される。はぁい、どうぞ、とお染が破れ障子を開けると、廊下の架け行燈の灯りにぼぅとお夕の姿が姿が浮かび上がった。先日の病んで蒼白い顔に、今日は薄化粧を施した美しいお夕の顔がパッと輝いた。

「お夕ッ」

肺腑《はいふ》の底から絞り出したような声が、巳之吉の喉から迸《ほとばし》った。

「巳之吉さんッ」

かすれ声が途切れ途切れに漏れ聞こえた。見る間に、その瞳に涙が溢れ、粗末な着物の膝を濡らした。巳之吉が部屋に飛び込み、お夕の痩せ細った躰をしっかりと抱き締めた。

「お夕ッ、やっと会えたッ。やっと探し出せたぁ。もう決して離しゃしねえぞ。安心しな」

「巳之さん、あたしはもう……嬉しくて、死んでもいいよぉ」

「何を云うんだ。明日から二人だけで暮らせるんだ、幸せになるんだ。な」

巳之さ〜ん、と首にしがみついてお夕が嗚咽《おえつ》した。

待ち続けたいじらしいお夕の心情を想って、亮之介も柄にもなく貰い泣きしそうだった。

巳之吉が泣きじゃくるお夕の細い体を抱き支え、帳場へ戻る。

「お夕ちゃん、良かったねぇ。幸せになるんだよぉ」

「ふん、もう幾らも持ちゃしないさ」

女郎たちの羨望と嫉妬の声が交錯して、渦巻いた。

見世の前に停めた大八車に、亮之介がお染から布団を受け取って敷く。巳之吉が抱えたお夕をそっと寝かせて、掛け布団を掛けて覆った。

大門脇の面番所の前で大八車を停めさせ、巳之吉に、暫く待ってくれ、と言い置いて腰高障子を開けた。土間に屯《たむろ》した忘八たちが、ギョッとした風で立ち上がった。

「あ、いや、今日は白銀の元締めにご挨拶しようと立ち寄っただけだ」

「あ〜ら、お気の毒様ぁ。御前《ごぜん》様は、本日はお屋敷にいらっしゃってお留守でありんすよぉ。何かお伝えしますのかえ？　わちきがお聞き致しましょう」

吉次が、花魁《おいらん》が持つような長煙管《きせる》を吹かし乍ら、白塗り顔で擦り寄って来た。

「いや、先日の件は片が付いた、とお伝え下さい。忝《かたじけな》いと」

礼を云って低頭し、面番所を後にした。

両国橋を東詰めから西へ大八車を曳く一行三人を、十三夜の月が照らし、長い影を引き摺っていた。大川のさざ波が泡立ち、蒸し暑さを吹き飛ばす涼風が吹き抜ける。亮之介の胸の裡《うち》には温かいものが流れていた。

先程の尾行者の匂いは、もう既に無かった――。

第四章　金無垢《むく》の聖母マリア像

一

翌早朝、相も変らぬ峻烈な独り稽古は、尚一層熱を帯びて、厳しく烈しく迅速な刃の動きは精緻《せいち》を極めた。

反動で切っ先は二、三寸伸び、刃筋は真っ直ぐに立って斬り込み、遮《さえぎ》れるものは何も無いだろう烈しさだった。まさに眼にも止らぬ電光石火の早業だ。刀刃の迅さが勝負を分ける！

体幹を軸にした縦横無尽の躰の動きは、己の信ずるがままに、本能の赴くがままに自由自在に駆け、飛び、跳ねるのだ。斬れるッ！　破れるッ！　あの妖術、幻術をッ！

亮之介の奮い立った精気は、何者と対峙しても、これを打ち破れる紫電一閃《しでんいっせん》の剣が手中に入ったとの境地に達した。

初夏の日差しは朝から烈しい。井戸端で冷水を浴びて、気分もさっぱりと、お静の世話で朝餉《あさげ》を掻き込んでいると、髪結いの仕事から吉蔵が戻って来た。

「おぅ、吉ッ、一昨日《おととい》は済まなかったな。平助爺っつぁんと朝まで呑んじまってなぁ、帰りは午前様《ごぜんさま》よ。どうしたぃ？　千束屋敷へは潜り込めたのか？」

「へえ、何とか……ところが丈吉っつぁんと一緒に、怪しまれて捕まっちまいやしてねぇ」

「何をッ！　栗栖雪之丞か、お雪が居たか？　吾助って爺さんも……」

「へえ、二人とも……。心の臓はバクバク鳴って、口から飛び出すんじゃねえかと思いやした」

「吉蔵さん、御膳を頂くだろ？　蜆《しじみ》のお味噌汁が美味しいよぉ」

　お静が傍らで甲斐甲斐しく飯椀に飯を盛り、蜆汁をよそって手渡した。

「へえ、頂きやす。もう腹ぺこで……」

「で、どうしたぃ？　よく無事に戻って来れたなぁ」

「へえ、問い詰められてる最中に、あのお雪って娘が心の臓がいきなり痛み出しやしてねぇ、あっしらのことどころじゃなくなっちまって……けど、〈金應丹〉の丸薬を呑んだら落ち着きやしてね……七日後の集まりには又いらっしゃいみてぇなことを優しく云ってくれやしたぜ。あっしはその御言葉に甘えて又顔を出す積もりでさあ」

「能天気な野郎だな、オメエは！　見破られたら真っ二つにされちまうぜ。二人とも恐ろしい剣術遣いだ。オメエも見て知ってるだろうが。もう止めときな」

「へえ、けど、信者みてぇな顔してどうやら周りの皆んなにも受け入れられたらしいんですぜ。みすみすこの機を逃したら勿体ねえや」

その時格子戸がカラッと開いて、丈吉の渋い声が聞こえた。

「お早う御座いやす。上がりやすよぉ。あっ、旦那、奥様、お早う御座いやす。あっアニさんも……」

「おう、丈吉、朝飯はまだだろう、一緒にどうだ？」

「いえ、今朝は嬶《かか》ぁのお袖が旨ぇ朝飯を……」

「まぁ、お袖さんも居酒屋の仕事で夜も遅いだろうに、よくやってるよ。丈吉っつぁんも、いいお内儀《かみ》さんと一緒になって良かったねぇ……ややこはもう三月《みつき》になるかい？　亮太坊は……」

「へえ、丸々と太りやがって元気一杯でさぁ。旦那のお名前を一字頂戴致しやしたから、徒《あだ》や疎《おろそ》かにゃ育てませんぜ」

「嬉しいねぇ。今産着《うぶぎ》を誂《あつら》えてますからね、もうちょっと待ってて下さいな」

お静が母親のような口調で嬉しげに云った。吉蔵がそれを羨ましそうに箸を咥えたままぽけ～と見ていた。

「じゃぁ、蜆汁《しじみじる》だけでもどうです？」

「へえ、すいやせん、頂きやす」

「おぅ丈吉、この間は置き手紙を置いて出掛けて行ったが、危ねえトコだったらしいな」

「あぁ、アニさんから……そうなんで、もうチョイで殺《や》られちまうトコでした」

「お雪が突然、心の臓が痛み始めたみてぇだな？」

「へえ、ありゃ生まれ付きの病《やまい》みてぇですぜ。きりきりっと錐《きり》を突っ込まれたみてぇな苦しそうな顔になりやしてねぇ……」

「そのお雪さん、お綺麗な娘さんなんですってねぇ。ウチの人なんかもう、トロケそうな顔して褒めてましたからねぇ」

「莫っ迦野郎、何言ってやがる。オメエだって善國寺で見掛けた栗栖雪之丞に夢中だったじゃねえか」

「だってぇ、あんな歌舞伎絵《かぶきえ》から抜け出して来たような若衆には、ついぞお目に掛かったことないですものォ……そしたらこのヒト、ヤキモチを焼くんですよぉ」

「チェッ、オメエだってお雪に妬《や》いてるじゃねえか」

「ままま、ご夫婦で同じお人に妬いてるんですぜ。面白ぇもんでやすねぇ」

丈吉が仲に割って入らなかったら、何時《いつ》までもこの痴話喧嘩は続いたことだろう。

「ハッハッハ、丈吉の云う通りだ。面白ぇなぁ」

「ホッホッホ、嫌ですねぇ、こんなことでヤキモチの焼きっこしたりして……」

「ところが、裏を返しゃぁ人面夜叉《じんめんやしゃ》だ。ウウ〜ッ、おっ怖《か》ねぇおっ怖ねぇ！」

大袈裟にお道化て震えて見せる亮之介に、一同の笑いが弾けた。

真顔に戻った亮之介が、眉宇《びう》を顰《しか》めて深刻そうに云った。

「いいか、俺ぁ奴らが、何かデケェことをおっ始《ぱじ》めそうな気配を感じてならねえんだが、オメエらも気を抜くんじゃねえぞ。二百年前の遺恨ったって、何時までも持ち続けられるもんじゃねえだろ？　ご公儀が禁じてるんだから、従わなきゃならねえんだ。地下に潜って隠れて信じてたって、面白かねえだろうが。正々堂々と胸張って、マリア様だろうがイエズス様だろうが十字架だろうが、思う存分大声でオラショとやらを唱えられる時が来るまで待ちゃいいんだ。きっと、そんな時が来ると思うぜ……俺はそう思うんだが、オメエたちはどう思う？」

亮之介の真実の心の内の吐露だった。

（いつ果てるとも分からぬこの殺し合いを、止めさせなければならぬ）

亮之介の信ずる真《まこと》の正義だ。お静が遠慮深そうに口を挟んだ。

「私にはよく分かりませんけど……、ヒトって、そんな二百年前もの恨みを何代にも亘《わた》って、何時までも胸に抱いて生き続けられるものかしらねぇ」

「そうで御座んすよねぇ。あっしだったらそんな思いに凝《こ》り固まって生きてたら、息が詰まって死んじまいまさぁ。何しろ飽きっぽい性根《しょうね》で御座んすからね」

「丈吉っつぁん、オイラだって忘れっぽいから直ぐ忘れちまわぁ。三日前のことだって忘れちまって覚えてねえもん」

「いやそりゃぁ、もう惚《ぼ》けが来てんだよ吉ッ。真面目な話、忘れられねぇ執念深い人も多いんだぜ。特に惨い苦しみを味わった人たちはな……よし、神輿《みこし》を上げるか。オメエたちは、分かれて千束屋敷と松平伊豆様の屋敷だ。何か変わった動きがあったら直ぐに知らせに戻れ！」

「へえッ」

丈吉、吉蔵の二人は猟犬の如く組屋敷を素っ飛び、出て行った。


その変わった動きは直ぐに起こった。

真夜中九つ（午前零時）を過ぎて直ぐだった。忍びやかに格子戸が開いて、吉蔵がひっそりと御帰館あそばした。又、吉原帰りかと勘繰《かんぐ》った亮之介であったが、まだ灯る行燈の明かりに安心してか、廊下から密《ひそ》やかな声が聞こえた。

「旦那、まだお眠りになっちゃぁおりやせんかい？　チョイと御耳に入れてぇことがありやすんで……」

いつもと違って緊張した忍び声だった。

「おう、吉ッ、まだ起きてるぜ。入《へ》れ入れ」

「遅くにスイヤセン」

障子戸を開けた吉蔵が恐れ入った風情で低頭し乍ら、座敷へにじり這入って来た。部屋一杯に吊った蚊《か》帳《や》越しに畏まって端座した。お静が寝巻の襟元を掻き合わせ乍ら、

「吉さん、遅くまでご苦労様でしたね、今お茶でも淹れますからね」

と、半纏《はんてん》を肩に引っ掛け立ち上がろうとしたお静を押し留め、

「あっ、奥様、そいつはもう結構なんで……それより旦那ぁ、凄《すげ》ぇモンを見て来やしたぜ」

「凄ぇモノ？　どのくれぇ凄ぇんだ？」

布団の上に胡坐《あぐら》を掻き、煙草盆を引き寄せ、煙管《きせる》にきざみを詰め乍ら訊いた。

吉蔵が得意気に小鼻の穴を膨らませ、身を乗り出して云った。

「へえ、どのくれぇかってぇと……三万両以上の価値の、金無垢《むく》の聖母マリア像でさぁ！」

亮之介は思わず吸い込んだ煙草の煙をゴホッと噴き出して、驚きの表情を見せて訊いた。

「何をッ、三万両以上の……金無垢のマリア像？　何処で見た、いや、何処の天井裏から覗いた？」

「へえ、お隣の松平伊豆様のお屋敷で……流石は七万石の御大名の上屋敷ともなりやすてぇと、広ぅ御座んすねぇ。コンところの騒動で警戒も厳重で、宿直《とのい》の侍二人が辺りを龕灯《がんどう》で照らし乍ら庭をウロチョロ行ったり来たり……あっしは寝静まったと思われる四つ（午後十時）を回った頃、天井裏へ潜り込みやしてね……」

「おぃおい、待ちな。吉ッ、前から俺ぁ、オメエはただの髪結いじゃねえな、とは睨んでたんだが、やっぱり大名屋敷に忍び込めるような大物の盗人だったか……」

「へっへっへ、スイヤセン。いつもは大名屋敷や大商人《おおあきんど》の邸を狙って……巾着《きんちゃ》っ切りは、銭が詰まった時に犯《や》らかすほんの小手先の小遣い稼ぎでやした……そン時、折悪しく旦那にトッ捕まりやしたんで。スンマセン」

「ままま、細《こま》けぇことはイイや。それでどうした？　その先は……」

「へえ、奥の間の、殿様の御寝所と思われる天井裏から真下を覗くってぇと、丁度三人のお侍ぇさんが雁首並べて密談中で……伊豆守《いずのかみ》様はお血筋と申しましょうか、品のあるお殿様で御座んすねぇ……、その脇に、ホレ、この間お駕籠が襲われた折、駕籠脇で必死に殿様を守っておられた、多分お側用人で御座んしょうか、竹井武太夫《ぶだゆう》とか申しておりやした。もう一人、これは初めて見やしたが、ヤットウの強そうなゴツイ躰の、こいつは森山玄蕃《げんば》とか云ってやしたねぇ。そいでね、やおら、お殿様が後ろの床の間の床柱の後ろ側を探るってぇと、パカーンと蓋が開きやしてね、取り出したのが何と、身《み》の丈《たけ》八寸（二十四センチ）はあろうかと思われる金無垢《きんむく》の聖母マリア像！　行燈《あんどん》の灯りでも眩しいくれぇに輝いておりやしたぜ」

「ふぅ〜ん。からくり仕掛けだな、その床柱は。吉ッ、どうでぇオメエ、今度一つそいつを……」

「へえ、旦那から盗《と》って来い、と命じられたら、屁《へ》の河童《かっぱ》ですぜ。スイヤセン。でね、お殿様が、値《あたい》三万両は下るまい、と威張って云っておりやした。三万両といやぁ、三万石の御大名と同じ位で御座んしょ？　そいからね、今度はもう一本の床柱から掛け軸らしき巻物を取り出しやしてね、紐を解《ほど》いて畳の上に広げやすてぇと、マントを着た天草四郎時貞《あまくさしろうときさだ》って云っておりやしたが、前髪立ちの可愛らしい男の子がその聖母マリア像を胸に抱いて立つ周りに、大勢の切支丹が跪《ひざまず》いて指を組んでお祈りしてるってぇ図柄で、そりゃぁもう、あっしが見てもスンバラシイ綺麗な絵で御座んしたねぇ……」

得意の手真似《てまね》顔真似の仕方話《しかたばなし》を終えて、吉蔵は大きな溜息を吐《つ》いた。

亮之介の脳裏には、その聖母マリア像を胸に抱えた天草四郎時貞を中心にぬかずいて祈りを捧げる信徒の姿が浮かび上がって来るようだった……。敬虔《けいけん》なオラショの祈り声さえ耳を聾《ろう》するが如く、高く、低く響いて……。亮之介が想念を振り払って訊いた。

「吉ッ、そいから先は……どうなった？」

「へえ、何でも二百年前の島原の乱平定の任で、幕府討伐軍十二万の兵を率いた総大将の、初代松平伊豆守信綱様が、原城に籠城《ろうじょう》した一揆軍にオランダの軍艦から大砲の弾を雨霰《あられ》と降らせ鎮圧なすったんですよねぇ、旦那からそうお聞きしやしたぜ」

「その通りだ。それでその際、それらを発見し没収した訳だな」

「へえ、間違ぇ御座んせん。一揆軍を掃討した後、江戸凱旋《がいせん》の折、その際に発見した聖母マリア像とその掛け軸を戦利品として江戸まで持ち帰り、ご公儀には差し出さず隠し持っていたそうなんで……。今八代信順様まで家宝として隠し持っていたということらしいんで……」

「ふぅ～む。それゆえに、隠れキリシタンの象徴としての聖母マリア像と掛け軸を取り返そうとの闘争になっているわけだな。只の遺恨や憎しみだけじゃなかったんだな……」

「へえ、長ぇ戦いでやすねえ」

「うむ。吉ッ、遅くまでご苦労だったな。早ぇとこ休みな」

「へえ、お休みなさい。いい夢を見させて頂きやす。奥様もお休みなさいまし」

「ああ、吉蔵さん、お休みなさい、御苦労様でした……」

お静が吉蔵を労《ねぎら》って送り出した後、布団に横座りになってしみじみ云った。

「お前様、末恐ろしいことになって来ましたねぇ」

「ああ、この始末は如何《いかが》相成《あいな》るのか？　この先ぁ誰にも分からねえ。仕上げを御覧《ごろう》じろ、ってやつだな。お静、お休み」

ゆっくりお休みは出来なかった。亮之介の眼は冴えて、暗い虚空を見詰めていた——。

瞼の裏には、今見るように金色《こんじき》に輝く聖母マリア像とそれを胸に抱くマントを羽織った凛々《りり》しい天草四郎の面影が去来《きょらい》して、それを掻き消すように、お雪の顔が、栗栖雪之丞の顔が次々と現れては消え、尚又、耳には地の底から湧き出るが如くオラショの祈りの言葉が高く低く響いて来るのだ——。

二

巳之吉はお夕のために、江戸の北方に位置する根岸《ねぎし》の里《さと》に、前以って瀟洒《しょうしゃ》な一軒家を借りていた。この辺は、身分の高い、家禄を譲った武家の隠居の別荘か、大商人の主人が妾宅にして女を囲うような小粋なお屋敷が多かった。

巳之吉は、お夕のためにお茂という四十を越えた手伝いの女中を雇って、炊事や洗濯を任せていた。お夕に何の心配もさせず、療養に専念させようとの巳之吉の優しい心遣いだった。宗伯という、権門駕籠に乗って供の者を連れて往診に来るような高名な医者を頼み、高麗人参など煎じて飲ませ、金に糸目は付けず看病した。まるで、初々しい新所帯で暮らす、ままごとのような巳之吉とお夕の姿だった。

亮之介がこの二人を気にして根岸の里を訪れたのは、吉原からお夕を救い出してから七日程経った頃だった。何か、このところの殺伐とした隠れキリシタンとの攻防の最中に、この二人のことは一服の清涼剤のように、亮之介は、心の安らぎを覚えるのだった。

枝折戸《しおりど》を開けて、庭へ回り、裏から勝手口土間へ足を踏み入れると、そこには女中のお茂が倒れていた。四囲に眼を凝《こ》らしたが人の気配はない。

お茂を抱え起こし、背に膝を当て、活を入れた。気付いたお茂が縋り付くように云った。

「あっ、旦那様、お夕さんが……お夕さんが……」

「どうした？　落ち着いて話してみろ」

「はい、いきなり、頬に刀傷のあるならず者風の男が三人、押し入って来て、巳之吉は居ねえのか、と家中探し回り、留守だと分かると、お夕さんを担ぎ上げ、表に待たせた駕籠に押し込み、攫《さら》って行きました」

お茂の胸元に挟まれた書付を見付けた亮之介が、何だこれは、と抜き取り、読み出したその時、表から巳之吉が飛び込んで来た。ハッと息を呑み、

「旦那、どうしやした？」

「お夕さんがかどわかされたらしい、これを読んでみろ」

『この女を預かる。千両箱と交換だ。もう一つ、お前の錠前破りの腕をもう一度借りてえ。承知なら、明晩五つ（午後八時）に安楽寺の境内で待て』

顔を上げた巳之吉の顔は、苦渋に歪み、険しい眼付きに変貌していた。

「旦那、あっしが気付かねえうちに奴らに尾行されて、この住まいが突き止められたんでやしょう。畜生ッ！ お夕を取り返せるなら金なんぞ惜しくはねえが……」

「巳之吉、奴らの塒《ねぐら》は知らんのか。知っているならこれから……」

「それが……奴らはひとっ処には長居したことぁねえんで……毎月棲《す》み処《か》を変えておりやすんで」

「ううむ。仕方がねえ。明晩五つ、安楽寺に参ろう。千両箱を掘り返してな」

「それが旦那、鼠小僧を気取って、貧乏人にバラ撒いちまって、六、七百両しかもう残ってねえんで」

「仕様のねえ野郎だ……そうか、仕方がねえ、残ったそれだけでも奴らに渡してお夕さんを取り返さねえと」

「へえ、じゃ明晩は旦那も付き合って下さるんで？」

「当たりめえだ。ここまで関わったんだ。じゃ明日な。五つに安楽寺で会おうぜ」

「あっしは、今夜は〈浮草〉に泊まっておりやすから」

険しい顔付きの巳之吉を残して、亮之介は根岸の里を後にして八丁堀へ戻った。


——その晩のことだ。組屋敷の真壁家の格子戸が勢い良く開いた。丁度勝手口で燗酒のお替りを付けていたお静の前に、弟の北見兵馬《ひょうま》が紅潮した顔で現れた。

「あっ、姉上。義兄上《あにうえ》は御在宅ですか？」

「何ですか、兵馬。そんなに慌てて……」

「居られるのですか？　ならば直ぐに……」

お〜い、兵馬か？　上がれ上がれ、と奥の間から亮之介の声が呼んだ。

「おい、浅吉。オメエも上がりな」

手下の岡っ引きの明神下の浅吉も促して、座敷へ入って来た。

丁度、猪口に手酌で酒を注ぎ、口に運んでいた亮之介が、訝《いぶか》しそうに二人に目を向けた。

「どうした、兵馬。こんな時刻に」

「はい、不知火組の棲み処が判明致しました」

「何を！　それが知りたかったんだ。どうして分かった？」

「今日、夕刻、高札の人相書きの男、黒眼帯の伝蔵なる一味の者を捕縛し、逆さ吊りの拷問に掛けました。責めに耐え切れず、遂に伝蔵が白状致しました」

「でかしたッ。何処だそこは、こっちもそれを知りたかったんだ。直ぐにもその棲《す》み処《か》へ押し込むぜ」

「エッ？　それは又急な……」

「いや、こないだオメエにも話しただろ、巳之吉って若ェもんの恋女房が奴らに攫《さら》われたんだ。躰も病で弱っている。早く救い出してやらねえと……」

「然し義兄《あに》上、我々だけで乗り込むのですか？　それでは余りに無謀な、せめて、お奉行の御指図だけは受けねば……」

「一刻の猶予もねえんだ。何処だ。奴らの巣窟は！」

「は、はい。本所、御竹蔵の裏、石原町の旗本の空屋敷で御座います」

「何っ、旗本の空屋敷？」

成程、本所には、二、三百石の小身旗本の屋敷が数多くある。しかも小普請組の旗本たちである。役付き、番入りの旗本の住居は城の周辺と決まっていた。が、武家屋敷には空屋敷は付き物である。改易になった旗本は勿論、拝領屋敷を出なければならないし、役付き、番入りになれば別の土地に屋敷を与えられる。空屋敷はあちこちに在る。一か所の空屋敷に長く住まなければ、目立つこともないし、町方に踏み込まれる心配も少ない。不知火組一味が空になっている旗本屋敷を隠れ蓑に無断で入り込めば、町方の眼も眩ませられるというわけだ。

「よし、踏み込もうッ！　こんなに暗くなった今から奉行所を動かすのも大ごとになる。我々だけで行く。おう浅吉、オメエ済まねえが、両国広小路裏にな〈浮草〉という料理茶屋がある。そこに巳之吉って男が居る筈なんだ。その野郎に、お夕の居所が分かったと伝えて、その御竹蔵裏の奴らの隠れ家まで連れて来てくれねえか。金を忘れるな、と云ってくれ。よし、出張るぞ。お静」

——本所、御竹蔵、旗本屋敷——表札は出ていない。兵馬と、巳之吉を連れ戻った浅吉が駆け回って、それらしき空屋敷を探した。浅吉が息を切らせて戻って来た。

「旦那、在りました、在りました。一丁程北に行った朽《く》ち果てた屋敷でさあ。奴ら十二、三人で、酒盛りの真っ最中でさあ」

「よし、行くぜ」

巳之吉は猛《たけ》り立った牛の如く、鼻息荒く、躰中に力を込めて入れ込んでいる。浅吉は腰の十手を握ってぶるぶると小刻みに震えていた。武者振るいか……。兵馬は流石に、桶町千葉道場で亮之介にしごかれているから、実践が経験出来るという思いで気の高ぶりは感じられたが、落ち着いていた。これなら、自分一人の命ぐらいは守れるだろうと、亮之介は安堵した。

門扉と塀が崩れた屋敷の前に、四人は立った。

「ここでさあ」

浅吉が声を潜めて云って、先に立ち、潜り戸を開けた。

手入れを忘れた庭が眼前に広がった。まさかこんなところに人は住むまいと思わせるに充分な荒れ様だった。確かに浅吉の云う通り、十人以上の人間が酒に浮かれている気配が明け放された障子戸越しに察せられる。

四人は足音を忍ばせて座敷に近付いた。三人が亮之介の顔を見て出様を窺っている。亮之介がおもむろに大音声《だいおんじょう》で呼び掛けた。

「お～い、不知火組の連中ッ！　貴様たちに会いに来た。ツラを出せッ！」

一瞬、座敷内が静まり返り、次にはどかどかっと足音荒く大人数が立ち上がり、廊下に険しい悪相の男たちの顔が並んだ。

「誰だ、テメエらは？　おっ、八丁堀だな！　おっ、テメエは巳之吉じゃねえか。テメエッ、訴えやがったな、約束は明日じゃなかったか？」

「うるせえ、か弱い女を人質に取りやがって。なんてぇ汚ぇ奴らだ。お夕は何処だ。早く連れて来いッ！」

「銭は持って来ただろうな？　出して見せてみろい」

奥の座敷から干からびた声が聞こえた。廊下に立ち並ぶ破落戸《ごろつき》たちの間から座敷を覗き込んだ兵馬が声を張った。

「おっ、貴様が頭目の不知火の勘助だな。初めて、そのツラァ拝ませて貰ったぜ。神妙にしろい」

兵馬が云って朱房の十手を引き抜き、勘助に突き付けた。

「ふん、木っ端役人が。これだけの人数にテメエら四人で敵《かな》うと思ってやがるのか！ ちゃんちゃら可笑《おか》しいぜ」

奥から出て来た四十過ぎに見える偉丈夫が、立ちはだかってうそぶいた。

「やい勘助、町方同心を甘く見るなよ、ふん縛るぜ、伝蔵と同じくな」

「くそっ、伝蔵の野郎が吐きやがったか」

「早くお夕を連れて来いッ」

兵馬の傍らで苛立《いらだ》った声で巳之吉が喚いた。薄ら笑いを浮かべた勘助が、後ろを振り返って、子分に顎をしゃくった。

「おい、不知火の勘助。年貢の納め時だ。大人しく奉行所のお縄を受けろ。さもねえと痛ぇ目を見るぜ」

亮之介が静かな声音で云った。

「誰だテメエは？ 役人でもねえ。ただの素浪人か」

「無礼なことを申すな。このお方はな……」

兵馬が血相変えて言い募《つの》ろうとするのを、亮之介が遮《さえぎ》った。

「おぅ、勘助。テメエ七年前、オメエを追い詰めた俺の親父を、よくも武士としての尊厳を傷付けるような仕打ちをしてくれたな！」

「七年前？ そんな昔のこたぁ、覚えちゃいねえよ。誰でぇ、そいつぁ？ ……ああ、七年前、確かそんな老いぼれ同心がいたなぁ。たった一人で追い掛けて来やがったから、押し包んで半殺しの目に遭わせてやったぃ。命を取らなかっただけでもありがてえと思いやがれ」

「それが武士としての矜持《きょうじ》をずたずたにしたのだ。父は奉行所への報告だけは済ませたが、下された切腹の御沙汰を粛然と受け入れて、自ら腹かっさばいて見事に果てた」

「そんなことぁ知らねえ。テメエのしくじりだろうがッ」

「今日、貴様に会えたのも父上のお引き合わせだろう。命は貰うぜ」

「ふん、勝手にほざけ。生きて帰れると思ってやがるのか」

その時、傍でジリジリして待っていた巳之吉が叫んだ。

「お夕はまだか？　早く連れて来いッ。無事なんだろうな」

「おぅ、来た来た。お美しいお嬢さんだ。だが、もう長くはねえなぁ。『巳之吉さん、巳之吉さん』って、オメエに惚れ切ってるぜ。よぉし、じゃぁ、同時に銭とこの女を交換だ。ひぃふぅみぃでな。おい巳之吉、千両箱は？」

「使っちまって、もうこれっきりだ。残りは、六、七百ってところだ」

と、巳之吉は懐から革袋を取り出し、揺すった。

「何をッ、びた一文欠けても、と云いてぇところだが、まぁ仕方がねえ。いいかぁ交換だ。ひぃ、ふう、みぃッ、と」

お夕をこっちに向かって押してよこした。巳之吉が革袋を投げた。

と、突然、勘助が長脇差《ながドス》を抜き、お夕の背を斬り裂いた。

まさかッ！　巳之吉、亮之介、兵馬、浅吉の四人が凍り付いた。ああ〜、と悲痛な声を上げてお夕が、二、三歩よろめいて巳之吉の腕の中に倒れ込んだ。

両腕で抱き留めた巳之吉が、蒼白の顔を強張らせてお夕を揺さぶった。

「お夕、しっかりしろッ。お夕！」

閉じられたお夕の瞳が開き、もう見えない眼で巳之吉を探して、切れ切れに云った。

「巳之さ〜ん、あたしは幸せだったよぉ。……ありがとう」

お夕の躰から生気が失われ、息が途絶えた。

「お夕ッ、死んじゃいけねえ！　死ぬなぁ！　俺を残して……お夕ッ」

お夕を揺さぶっていた巳之吉の顔が凍り付いて、ワッと泣き声がほとばしった。上げた顔が憤怒《ふんぬ》の形相に変貌し、双眸は血が噴き出しそうに燃えて、勘助を睨んだ。

「勘助ッ、テメエって奴ぁ、何てぇことを……許せねえ」

巳之吉は、懐から先日千両箱から取り出した匕首を抜いて、腰だめに構えた。
五、六人の子分が勘助を守るように、長ドス、匕首を抜いて、頭目の周りを固めた。尚もがむしゃらに突き込もうとする巳之吉の腕を掴んで引き戻し、亮之介が前へ出た。腰を捻って〈備前長船〉をスラリと抜いた。
「巳之吉、命を無駄にするな、俺に任せろッ」

その声に誘われるように兵馬も十手を突き出し、亮之介に並んだ。背後を浅吉が固めた。

亮之介の刀が閃いた。先頭の奴の脇腹を横薙ぎ、鮮血がゴボゴボと噴き出した。返す刀は右上から袈裟掛けに正面に居た奴の頸根を斬り裂いた。シャッと音がして、そ奴は頸を押さえ乍ら、地に沈んだ。続けざまに、左右に走った刀身に斬られて、同時に虚空を掴んで二人がぶっ斃《たお》れた。ひと呼吸で四人——余りの早業に、子分たちはどどっと後退し、囲みが緩んだ。

亮之介の方から躍り込んだ。兵馬が続いた。兵馬の十手と、亮之介の血刀が右に左に煌めいた。亮之介の胸の裡には、父一郎太を切腹の仕儀に追い詰めたという憤怒の想いが煮えたぎっていた。喧嘩慣れはしているが度胸だけの斬り合いでは、剣術を極めた亮之介と兵馬の敵ではない。地面に這いつくばった子分たちには浅吉が縄を打った。

残った勘助と二、三人の子分は庭の隅に追い詰められた。

「勘助ッ、年貢を納めろ」

子分三人が最期の悪あがきで遮二無二《しゃにむに》斬り掛かるのを、備前長船《びぜんおさふね》の飛鳥の如き一閃が、左右に煌めき、子分たちが斬り飛ばされた。

壁際に追い詰めた勘助に、亮之介は憤怒の剣を突き付けて云った。

「勘助、貴様に侍の尊厳を貶《おとし》められた父の遺恨、思い知れっ！」

袈裟斬りで頸根から胴体を斜めに斬り裂かれた勘助が、恨めし気に亮之介を睨み、壁に背をズリズリと擦り乍ら地に崩れ落ちた。見下ろし乍ら亮之介が胸の裡で呟いた。七年前に切腹した父一郎太の無念の表情が頭をよぎった。

（父上の無念、たった今晴らしましたぞ）

振り返ると、地面に横たわったお夕を抱き締めて嗚咽《おえつ》する巳之吉の姿があった。

「お夕、俺を残して逝《い》ッちまって……俺はこれからどうして生きて行きゃいいんだ。お夕〜ッ」

縋《すが》りついて咽《むせ》び泣く声だけが辺りに響いた。——幸薄い哀れな女の最期だった。

浅吉が、石原町の自身番に走って、大八車を曳いた番太たちを連れて戻り、怪我人は数珠繋《じゅずつな》ぎでしょっ引き、死骸は大八車に積み込んだ。

亮之介は、ひと晩だけでもお夕と一緒に居てやりたいという巳之吉の願いを叶えてやりたかった。兵馬に、『明日、俺が付き添って奉行所へ連れて行くから』と安房守高好への伝言を頼み、その場を二人は去った。


翌朝——、ひと晩寝ずに腕枕にお夕を抱いて寝たという巳之吉が、

「旦那、お情けを頂きやして有難うごぜえやした」と現れた。その背にはお夕の入った棺桶を背負っていた。

亮之介が懇意にしている、常泉寺《じょうせんじ》の覚禅和尚《かくぜんおしょう》に頼み、お夕を懇《ねんご》ろに弔《とむら》って貰った。真新しい卒塔婆《そとうば》が立てられ〈夕　十八歳〉の文字が哀れを誘った。

巳之吉は、お夕が逝って以来、めっきり口数が減り、思い詰めている風情が読み取れた。亮

之介と二人で墓前に手を合わせた。

「お夕、俺はオメエが逝っちまって、これから先、どう生きて行きゃいいのか分からねえ。オメエに会いてえよぉ」

口の中でぶつぶつと呟き、溢れた涙が恥ずかしげもなく吹きこぼれていた。

これ程一人の女を愛せるものか、と亮之介は居たたまれず、庫裡《くり》に和尚を訪ね、永い供養を依頼した。和尚は快く請け負ってくれた。

墓前へ戻った亮之介は愕然として立ち竦んだ。巳之吉がお夕の墓の、盛られた土の上に卒塔婆を抱いて絶命している。心の臓には、あの匕首が突き刺さっていた。覚悟の自決だ。駆け寄って、無駄とは思ったが、巳之吉、巳之吉ッと呼び、揺り動かした。腕の中に、微かに笑って穏やかな表情の巳之吉の顔があった。――懐に紙切れが一枚、のぞいていた。抜き出して開く。

『旦那、お世話になりやした。お夕の傍に参ります。お夕も一人寂しがっていることでしょう。あっしが傍に行ってやりゃぁ、あいつもきっと安心することでしょう。十両盗めば死罪のこの世で千両もかっぱらって、いくら鼠小僧を気取ったところで許されるこっちゃありません。どうぞ二人一緒に墓に埋めてやっておくんなさい。これからあの世で二人仲良く生きて参りやす。ただ、悔しくてならねえのは、お夕の命を奪った不知火の勘助の野郎に止《とどめ》を刺してやれなかったことです。仇を討ってくれた旦那に、お礼申し上げやす。色々面倒をお掛け致しやした』

金釘流《かなくぎりゅう》の文字が切々と綴られていた。前の晩にでも書いた覚悟の書き置きだろう。亮之介の胸の裡には、巳之吉とお夕の根岸の里での短かったが仲睦まじい姿が蘇って、思わず熱いものが込み上げ、合掌した。

亮之介は再びその足で常泉寺の庫裡へ覚禅和尚を訪ね、たった今、巳之吉がお夕の後を追って自害して果てたことを告げた。

「尊い命を軽んじましたなぁ」

覚禅和尚は悲し気に肩を落とし、溜息を吐いた。

「和尚、あの世に極楽浄土があるならば、巳之吉とお夕の二人はそちらで幸せに生きてますか？」

「見えませぬかな。ほれ、うららかな日射しのもとで、二人手を取り合って、花畑の中を嬉しそうに走り遊ぶ姿が……」

（見えたッ）亮之介の瞼の裏に、確かにその姿が浮かび、思わず微笑んだ。

「ご住職、末永く二人の供養をお願い致します」

「ええ、ええ、心得ましたぞ」

常泉寺を去る亮之介の袂と裾を、秋の近付く気配の涼風が翻《ひるがえ》して通り過ぎた。

第五章　魔性の誘《いざな》い

一

　翌日、亮之介は、奉行高好の下城時刻を見計らって八つ（午後二時）頃、奉行所の門を潜った。早速、目敏《めざと》く忠助が駆け付け、

「真壁様、お出でなされませ。殿様は今しがたお戻りあそばされて只今は御着替え中で御座います。直ぐに案内《あない》させて頂きます」

「おぅ、頼まぁ。どうでぇ忠助、近頃の案配《あんばい》は？　どんな具合だ？」

「はい、このところ大きな事件もなく、お奉行所内も平穏で御座ります。何故か真壁様がお出でになることが多くなると忙しくなりまするなぁ……何故で御座いましょう？」

「知らねえなぁ。事件が俺を追っ掛けて来るんだろうぜ。さ、取り次いでくんな」

はいはい、と小腰を屈めて先に立つ忠助の背に声を掛けた。

「おぅ忠助、最近の三枝奥方のご機嫌は麗《うるわ》しいのか？」

忠助が深い首の皺を振り返らせて云った。

「はい、佐江お嬢様が、細川備中守様二千五百石ご次男新之丞殿と婚約相整い、婿養子入りが決まり、毎日が浮き浮きと嬉しそうに見えまする。お声もお優しくなられ私どもへの叱責の言葉も少なく、平穏な日々で御座います」

「へぇ〜、そりゃぁ良かったじゃねぇか。忠助、オメエだから云うが、佐江お嬢様は俺みてぇな破落戸《ごろつき》と一緒にならなくて良かったと、つくづく俺は思ってるんだぜ」

「はい、私《わたくし》めもお二人の仲を、新調の御着物を取り持って行ったり来たり……ハラハラ致しておりましたが、今や胸ときめかせたイイ思い出で御座います……」

「そんな時もあったたっけなぁ、今となりゃ懐かしいや。俺にゃぁお静ぐれぇの幼馴染みが丁度いいや。で、お嬢様はお元気なんだな？」

「はい、習い事でお部屋に閉じ籠り、何やかやとお忙しそうで御座います。只、この爺《じい》には一寸お顔の色が優《すぐ》れぬように見えて、いささか気に病んでおりまする」

「ふぅ〜ん。若ぇ男と女の間の機微は俺にゃ分からねぇ。すべて上手く行くように祈るだけだぁ、俺としちゃぁあな」

と、前方の廊下角を曲がってお引き摺りの音もシュッシュッと高らかに今噂のご当人三枝奥方が傲然《ごうぜん》と姿を現した。忠助はハッと廊下に両手ついて平伏し、亮之介は端に寄って立ち止まり、両手を腿の上に置いて立ち礼で低頭して通り過ぎるのを待った。

その内股で静々と歩く爪先が亮之介の前で立ち止まったのが、伏し目の端に映った。

「これは真壁殿、御苦労様で御座いますなぁ。殿がお部屋で首を長くしてお待ちのようですよ。亮之介、亮之介と夜も日も明けぬような体たらく……どれ程、その方《ほう》が可愛いのか、実の息子のように気にしておいでですよ。早う顔を見せておやりなさい。では」

「はっ、有難き仕合せ」

去り際に一言、横目で冷ややかに見遣り乍ら云って、三枝奥方は通り過ぎた。

「佐江には決してお会いになりませぬよう、お分かりですね」

はは、勿論、と口では応えたが、腹の中では（ああ、御前《ごぜん》と同じ婿養子なぞにならなくてまことに良かった）と胸撫で下ろし、大きな溜息を吐いたのだった。忠助が、高好の居室の前に跪き、亮之介の訪《おとな》いを告げた。

「殿様、真壁亮之介様が、お出《い》でで御座います」

「おぅ、亮之介が参ったか。さ、入れ入れ、遠慮は要らぬぞ」

「御前、ご機嫌麗しゅう、何よりで御座います」

「うむ。近ぅ。近ぅ参れ。どうじゃ、変わったことが何かあったか」

「はっ、昨夜手下の探索によりまして、実は、松平伊豆守様が、値三万両以上の金無垢の聖母マリア像、そして、天草四郎がその像を胸に抱いて立ち、大勢の信徒がかしずき、祈りの言葉を捧げている図柄の掛け軸を隠し持っていることが判明致しました」

「何とッ、三万両の金無垢マリア像に、掛け軸……ウウム。隠れキリシタンの信徒たちにとっては喉から手の出る程欲しい宝物よのぅ……。そうかッ」

突如、子供のように喜色満面の態《てい》で膝を叩いて云った。

「落城の際に持ち去られたそれを、奪い返さんがための此度の隠れキリシタンとの死闘だったのじゃな？　そうであったか……」

高好の表情が愁眉《しゅうび》を開いたように明るく変わった。

「はっ、隠れキリシタンたちにとって、偶像崇拝《ぐうぞうすうはい》の象徴たる聖母マリア像と天草四郎の掛け軸を、オラショの祈りの中心に据え崇《あが》め奉《たてまつ》れば、どれだけ心が一つに結集されることでしょう。もしも、それを奪還し、三万両の金無垢を金に換えて処分し、貧しい、虐《しいた》げられた生計《たつき》の信徒たちに分け与えられたら、どれだけ救済され感謝されるか、隠れキリシタンらの心持ちが分かるだけに同情の念を禁じ得ませぬ」

高好が感慨深げに渋面を作り乍ら、亮之介を見据えて云った。

「さもあろう、分かる、分かるぞ！　なれど亮之介、隠れキリシタンの彼らは禁教のご定法《じょうほう》を犯しているのだぞ。そう一概に彼らに肩入れしてしまうのも如何なものか……」

以前、公儀御庭番を相手に血で血を洗う凄惨な戦いを制して来た亮之介であったが、又も同じ公儀の禄を食《は》む者同士の闘争に明け暮れる日々が始まろうとしている今、その狭間《はざま》に立って、苦悩の思いを強くした。

「亮之介、悩ましいのぅ。……良いッ。正義じゃッ、正義を貫け！」

この大草安房守奉行、簡単明瞭であった。思い悩まぬ、得な性格であった。

高好の前を辞して、奉行所大門の前に丈吉と吉蔵が並んで待っているのを見付けた。時刻は七つ（午後四時）になろうとしていた。丈吉が進み出ると、小腰を屈めて云った。

「旦那、奥様にこちらと伺ったもんで、待たせて頂きやした。あれから丁度七日経ちやす。アニさんと一緒に、チョイと千束屋敷を覗いて来ようかと存じやして……」

「おいおい、オメエたち、前にあれ程危ねえ目に遭ったんだ。今度が又、無事だろうとの保証はねえ。俺が一緒に付いて行けりゃイイんだが、面が割れてる以上どうしようもねえ。気持ちは嬉しいが、今日は止めときな」

呉服橋御門から八丁堀組屋敷まで主従三人が、初秋の風に吹かれ乍ら、肩を並べて歩き堀端を行く。緑色に濃さを増した柳の枝が揺れて、心地良い。亮之介の裾も袂も、はたはたと揺れている。後ろに従う吉蔵が唇噛んで云った。

「旦那ァ、悔しいですねェ、みすみすデケェ面して中へ入《へえ》れるっていうのに、その機会を逃しちまうなんて……一丁又、潜り込みやしょうか？」

「吉ッ、嬉しい申し出だが、何もテメエの躰を的にするこたぁねえ。ありがとよ。只な、千束家の当主与右衛門はじめ栗栖雪之丞、お雪らがご先祖の持っていたその金無垢の聖母マリア像、天草四郎の掛け軸を戦利品として奪われ、未だ、松平伊豆守寝所の床柱の裏にからくり仕込みで隠匿《いんとく》されているなど、思いも寄らねえだろう。在《あ》り処《か》を知ってるのは、伊豆守と側用人の竹井武太夫、懐刀《ふところがたな》の森山玄蕃の三人のみ、それと、我等の吉蔵さんだけだ！　どうでぇ、吉ッ、オメエ、そのお宝を盗み出せねえか？」

「ゲッ、あっしがお隣の大名屋敷に忍び込んで、あの金無垢のマリア像をッ？」

「一世一代の大仕事だ。面白ぇことになるぜ。上手く行ったら、そいつを隠れキリシタンの連中に返しちまうのよ。な？　そのお宝を奪取せんがための闘争なら、目的の物が手に入ったらこの騒動も収まらねえか？　それとも、奪われたことに気付いた松平伊豆側が再び、取り返さんと画策すれば、血で血を洗う殺戮は果てしもなく続くことになるが……どうだ、オメエら、この策は？　どう思う」

「旦那も思い切った、とんでもねえことを考えやすねぇ……！　開《あ》いた口が塞がらねぇや」

　丈吉の舌を巻いた呆れ顔が唸った。

「いやな、奪われたお宝を奪取すれば、それで事が収まるかと思えば、さにあらず。積もり積もった二百年の怨念、遺恨はそう容易く消えるものじゃねえ筈だ。と、なったら、千束屋敷に投げ文でも放り込んで、お宝の金無垢の聖母マリア像と天草四郎の掛け軸は、松平伊豆邸の奥の寝所の床の間の柱の中に隠匿されておりますよォ、と親切に教えてやるってェのはどうだ？　これ又、益々面白ぇ案配になって来るんじゃねえかな……オメエら、どう思う？」

「あっしの薄い頭じゃどんな具合になるのか皆目《かいもく》分かりやせんが、益々こんがらかって旦那の手にも負えなくなっちまうんじゃねえんですかい？」

吉蔵が腕組んで真面目くさって云った。

「お奉行には、ただ正義を貫けと云われている。これは正義じゃねえか？　正邪入り乱れて残った方が正義ということでどうだ？　荒療治過ぎるかな？」

「旦那の頭ン中にゃおっとろしい考えが湧き起こるもんでやすねぇ……」

「池の中に石ころ一つ放り込むのよ。どう波紋が生じるか、見ものだぜ、こいつぁ」

丈吉、吉蔵は、共に感心仕切りの態《てい》で頭を捻るばかりだ。

解決の糸口が見えぬ時は、こちらから棹《さお》突っ込んで引っ掻き回してやるのだ。すると必ずや、水が泡立ち、波が噛み合い、荒れて来るものだ——。亮之介一流の荒っぽいやり方だった。

「よし、俺が今、密告の手紙を認《したた》める。そいつをオメエら二人で千束邸へ投げ込んで来な。その後、チョイと見張ってりゃ、水が泡立ち、噴き上がって来るだろう。こっちはそれを見定めて動き出しゃぁいいんだ。見ものだなぁ」

「旦那ぁ、勝手にそんなことをおっ始《ぱじ》めちまっていいんですかい？　お奉行に相談もなしに……」

「お奉行は常々、俺に云ってる。亮之介、その方に任せた、頼りにしている、思う存分腕を揮え、とな。腕を揮うのよ、ご期待に添うのよ。文句はあるめえ！」

直ちにそれは実行された——。

二

投げ文はその晩、隠れキリシタンが七日に一遍の集会を開く千束邸の門番に丈吉から手渡された。勿論天井裏には吉蔵が忍び込み、その反応や如何に、と眼を皿のようにして覗いている。

かくして、亮之介一流の破天荒の一手が打ち込まれた。果たして、吉と出るか、凶と出るか——、否、どれが凶で、どれが吉なのか？　打ち込んだ当人でさえ皆目、見当もつかぬ、どう転がるのか、予測もつかぬのだ。

一天地六の賽《さい》の目に、運否天賦《うんぷてんぷ》を賭けた博奕《ばくち》と同じだ。賽《さいころ》を振ったからには、後は野となれ山となれ、知らぬ存ぜぬ、と開き直った感の心境の亮之介であった。

亮之介は、打つ手は打った、と組屋敷で悠然とお静の酌で、平目の刺身をぺろりと口に放り込んで舌鼓を打っていた。

その時——裏の枝折戸《しおりど》を蹴破る程の勢いで、疾風の如く、吉蔵が駈け込んで来た。

「旦那ッ、当たりッ！　大当たりィ！」

「大当たりィって、富籤《とみくじ》でも当たったか！」

「だ、旦那ァ、べら棒でさぁ。奴ら今夜のうちに出張りやすぜ。今、丈吉っつぁんが向こうに張り付いてやすが……」

「吉ッ、分かるように説明しろぃ」

「へいッ、例のオラショの祈りが終わるってぇと直ぐ、今宵は散会に致しますってことになりやしてね、奥の部屋に三十人程のご家来衆が集められて、そン中に当主千束与右衛門様が居て、そのご尊顔《そんがん》を初めて拝みやした。流石にイエズスを信仰なさる殿様らしく、おっとりと柔和な顔付きをしておりやしてねえ。家臣一同の信を集めておる様子は手に取るように、あっしにも察せられやしたねぇ」

「そン中にお雪は居たか？　それと吾助爺ィはどうだ」

「へえ、栗栖雪之丞の方が居りやしたぜ。勿論吾助の姿もね」

「ふむ。で、俺の書いた密告状をどうした？　どうする気だ」

　吉蔵が顔を紅潮させて、身を乗り出した。

「こいつがずばり、大当たりィ、でさぁ！」

「だからよ、どう当たったんだ。ジレッってえなぁ」

「へぇ、今宵これから、千束家家臣一同組み分けして、松平伊豆屋敷へ斬り込む。天草島原の乱で幕府に奪われた我等が聖母マリア像と天草四郎様の掛け軸の在り処《ありか》が判明致した。怨敵松平伊豆邸の奥深くに隠して在るらしい。今宵それを何としても奪い返す！　良いか、二百年もの長きに亘って奪われたままだった宝を奪取する絶好の機会だ！　好機逸すべからず、敵の不意を突くのだ。与右衛門さんが、善は急げだ、と気合を入れてやした。旦那もいつもそう仰ってやすよね」

　吉蔵が又、講談師のように早口で立て板に水の調子で喋る。

「ふぅ～ん。チョイと薬が効き過ぎたかな……」

「ところがね、旦那。栗栖雪之丞が、待ったを掛けやしてね、そんな大挙して押し掛けては、赤穂四十七士の討ち入りと同じになっちまう。この泰平の世に上様お膝元で幕臣が奏者番頭のお役目の大身松平家を襲うなど、前代未聞の大事で御座いますって、お留めなされて、その聖母マリア像の奪還は、私と吾助にお任せ下されと、諫《いさ》めておられましてねぇ……。殿様はじめ家臣一同、思案投げ首の態《てい》で御座んしたが、結局、二人に任せようとの話にまとまったみてぇですぜ」

「よぉし、吉ッ、オメエこのまま直ぐに松平伊豆邸へ、御注～進と、駆け込みな。このままじゃ片手落ちじゃねえか。待つ方にも備え万全にして迎え討たさねえとな」

「旦那、あっしの口上は何て？　誰方《どなた》に伝えりゃいいんですぃ？」

「そうよなぁ、さしずめ側用人の竹井武太夫《ぶだゆう》だな。隠れキリシタンの連中が宝物を奪取にお屋敷を急襲して参りやすぜ、御用心の程を！　ってな。こんなトコでどうだ。そしたら此方も迎え討つ手立てを考えるだろう。五分の勝負だ、俺たちは奉行所の西側塀に張り付いて高みの見物と行こうぜ」

「あっしはやっぱり天井裏に潜り込みやすぜ。からくり柱の聖母マリア像と掛け軸がどうなるかを見届けねえと……」

「もっともだ。よし、直ぐに動き出しな。俺はお奉行所に飛んで、ご報告だ。御前《ごぜん》がどう出るか、どんな表情を見せるか、楽しみだな。さぁ、出掛けるか。お静、この酒の続きはひと段落した後からにするぜ」

お静が溜息を吐き、立ち上がり乍ら云った。

「私はこんな旦那様と一緒になって、いつもハラハラし通しですよ。付き合う吉蔵さんも大変ですねぇ。同情します。でも、私もそれを承知で一緒になったんですものねぇ。後は御無事を祈るだけです。ハイ、行ってらっしゃいませ」

と、床の間の刀架から差料《さしりょう》を袂で包み乍ら持って捧げ、跪いて云った。


「御前、二百年前の、天草一揆の乱の再現で御座います。当時の幕府討伐軍を隠れキリシタン一派が襲う復讐戦で御座います。この平穏の世に慶長時代の戦を再び起こすのです。このような破天荒なデカイ石を投げ込んだら如何相成りますか」

奉行高好、渋面を作るかと思いきや、破顔一笑、

「面白いのぅ。亮之介、その方、とんでもないことを思い付くものよ。わしの立場としては傍観などしていてはならぬのだが、町奉行所としては手が出せぬ。寺社奉行所を襲う隠れキリシタンの一味、手練者《てだれ》二人、それを待ち受ける松平伊豆様家臣一同、狙うは三万両の値《あたい》の金無垢

の聖母マリア像、奪《と》るか奪られるか、血湧き肉躍るのぅ！」

　この奉行、玩具を与えられた子供の如くはしゃいでいる。それを仕掛けた張本人が、己の配下だということを忘れているのか。流石の亮之介も呆れ返った。万一を考えて、北町でも二十五名の高好直属の家臣の内同心には、いつ何時《なんどき》でも飛び出せるよう準備怠りなく待機させた。内庭より高さ二尺五寸（七十五センチ）の長い台を持って来させ、松平伊豆邸との西側境の塀際にそれを並べ、その上に床几を置いて座り、見物しようとの算段だ。

　――間もなく四つ刻（午後十時）、月の無い蒼暗《あおぐら》い空にわずかに星が瞬き、闇は深い。

　丈吉が息せき切って奉行所まで戻って来た。

「旦那、奴ら一ツ橋小川町を出やしたぜ。もう間もなく着きやす」

「そうか、御苦労ッ、いよいよ始まるのぅ……」

　高好は血が騒ぐのか、掌擦り合わせて塀にしがみ付き、身を乗り出した。

　突如――、外堀側から、黒装束に身を包んだ栗栖雪之丞と吾助と思しき二人の姿が現れた。多分猪牙舟《ちょきぶね》に乗って、和田倉御門で舟を降り、忍んで来たものと思われる。

　松平伊豆邸の庭には何基かの篝火《かがりび》が焚《た》かれ、赤々と周囲を照らしている。宿直《とのい》の侍が二人一組で龕灯《がんどう》と提灯《ちょうちん》を手に行き交い、警戒の備えは万全だ。表で迎え討つ魂胆のようだ。屋内はし～んと静まり返っている。同様に、ここ大名小路も人の行き交いは途絶え、静寂の中だ。

　高好は稚児のように興奮し、亮之介、始まるぞ始まるぞ、とうわ言のように呟いている。おそらく、七万石の松平伊豆家上屋敷に常駐する家臣は百人は下るまい、と思われる。

見れば、黒装束の二人はいとも容易《たやす》く七尺の高さの塀を飛び越え、松平家の庭に下り立った。果たしてこの二人、多勢に無勢を——どう血路を切り開いて金無垢の聖母マリア像まで辿り着けるか！　亮之介の心中では、何故かこの二人を応援する気になっている。そのことに自身も不可思議な思いをしていた。

突如——。それは始まった。

屋敷内から、股立《ももだ》ち取った白襷《だすき》掛けの侍たちが駆け出て来た。迎え討つ伊豆守家臣団だ。斬り込む黒装束、ひと際敏捷な動きを見せる小太刀を遣う細身の黒装束——、栗栖雪之丞に違いあるまい。その傍に付かず離れず異形の短躯の獣の如き姿は、吾助爺に相違ない。

この目覚《めざ》ましい二人の獅子奮迅の戦いぶりは、眼を見張るばかりだ。前に立ち塞がる侍、邪魔する侍は鮮やかな剣の舞で斬って捨てられた。無人の荒野を往くが如く——あとには骸《むくろ》と化した血を噴く死体が転がるのみ。

雪之丞と吾助の二人が屋内へ駆け込んだ。途端に屋敷の中から上がる阿鼻叫喚《あびきょうかん》の地獄の底から沸き起こるような叫び声——。眼には見えぬので、耳を澄まし想像するのみなのが歯痒い。

打ち合う刀刃の音は余り聞こえぬ。悲鳴と呻き声と障子襖など建具の壊れる破壊音のみ——想像するだけだ。亮之介自身、今まで傍観者として見物しているなど経験したこともない。いつもその真っ只中で剣を揮っていたのだ。だが今は漫然と手に汗握って見守るばかり……己の手では何一つ出来ぬ。この焦燥感、逸《はや》り猛《たけ》る闘志を抑え付けるのに苦労していた。

――一人、残った伊豆守側の中に偉丈夫があった。あれが懐刀《ふところがたな》と謂われる剣術指南の森山玄《げん》蕃《ば》だろう、身の丈六尺を優に超す両刀遣いだ。庭には、蹴り倒された篝火が燻《くすぶ》った炎を上げて揺れ、十数体の屍《しかばね》が無残な姿を晒して累々《るいるい》と転がっている。戦いの場は屋内に移った。玄蕃も、ウオ〜ッ、と吼え乍ら、奥内へ駆け戻って行った。

――高好、亮之介の覗く塀際からはもう戦いの状勢を見ることは望めぬ。あとは引き揚げの様子と、追う伊豆守側の様子で判断するより仕方があるまい。

さぁ、勝敗は如何なるのか？　奪い返せるのか、死守するのか、神のみぞ知るだ――。千束家側の二人には、深夜こっそり忍び込んで盗み出そうなどといった手段は毛程も考えては居らぬのだ。あくまでも、剣を振るっての正面突破なのだ。

然し、明朝この当事者たる奏者番頭、否、寺社奉行松平伊豆守信順《のぶより》、そして、この様相に火を点けた格好で傍観した北町奉行大草安房守は、四人の老中幕閣に囲まれて如何に報告し、どう申し開きするものやら――亮之介には思いも寄らぬ様相を呈して来ているのだ。

「御前、それがしも、あの中へ首を突っ込んで参りましょうか？　ここからでは歯痒くて、ジレッたいこと夥《おびただ》しい。矢張り私は閃《ひらめ》く刃《やいば》の下に身を置く方が落ち着きます。御前、行って参りましょうか？」

「いや、待て待て、軽挙妄動《けいきょもうどう》は控えろ！　真ん中に躍り込んでどちらを斬る？　どちらに味方するのじゃ？ 最後までここに留まって顛末《てんまつ》を見届けるのじゃ」

高好の云うことはもっともだった。的を射ていた。

今乗り込んでも、肩入れする方が判然とせず右往左往するばかりだろう。その最中に、栗栖雪之丞と鉢合わせし、過日の言葉通り、雌雄を決する剣を交える仕儀になるのか……？

その時、突如――。

黒装束が一人玄関口から躍り出て来た。その左手に高く掲げられた金色に輝く聖母マリア像――腰の帯には巻物が差し込まれている、おそらく掛け軸だろう……奪取したのだ！

「逃すなッ」「取り戻せッ」など、口々に喚いて伊豆守家臣数名が追って出て来た。

又その後ろから、躰がいびつに傾いた吾助と思われる黒装束が、足を引き摺り乍ら追って来た。然しその動きは素早い。一人の家臣の背を断ち斬った。

「嬢様、お逃げ下されッ、早く！」

と叫んで前へ回り込み両手を広げて、我が身を犠牲にしてでも、一歩たりとも追わせぬ、との気概が見て取れた。表門は十名程の家臣に塞がれていた。

栗栖雪之丞が、七尺の高さを跳んだ。瓦葺塀《かわらぶきべい》の上に仁王立ちして向き直り、左手に握った聖母マリア像を誇らしげに天に掲げ、叫んだ。

「取り戻したぞォッ」

暗闇の空を背景に、手前から篝火《かがりび》と龕灯《がんどう》に照らされ、くっきり浮かび上がった姿は、勇壮でさえあった。その姿が後ろへ飛んで闇の中に消えた。従者の吾助の姿も消えた。

「追え追えッ、奪い返すのじゃぁ。それ～ッ」

大小二刀を手にした森山玄蕃の叱咤する下知《げぢ》の号令が邸内に鳴り響いた。

残った伊豆守家臣団が、まだ絶命していない仲間を手当し介抱して、屋敷内に担ぎ込んだりしている。闘争の後は何処でもいずれも凄惨極まりない。足と腕と首が切り離され、指が散らばっている。亮之介の投じた一石が、思いも寄らぬ大事となり、荒波を引き起こした。

この結末は誰にも予想出来ぬ――どう決着を見るのだろうか。

三

翌朝、巳《み》の刻《こく》（午前十時）からの閣議は喧々諤々《けんけんがくがく》、最近には珍しく荒れに荒れ紛糾《ふんきゅう》したらしい。何せ二百年前の島原・天草一揆に端を発した怨念が絡んだ、譜代大名七万石松平伊豆守を巻き込んでの、禁教たるキリスト教の隠れ信徒との暗闘だったからである。

四人の老中の中には二百年前の一揆を殆ど知らず、当時の公儀を代表する討伐軍の総代が初代松平伊豆守信綱であることを初めて知ったという者も居る始末だった。

討伐した際の戦利品が、値三万両の金無垢の聖母マリア像と、信者の拠《よ》り所となる天草四郎時貞の掛け軸であったこと、それを誅伐《ちゅうばつ》の記念に公儀討伐軍《とうばつぐん》総指揮の松平伊豆守が持ち去ったことが白日の下に曝け出されたのだ。非難の的は当然、当代松平伊豆守信順に向けられた。

「何ゆえに、松平殿はその戦利品を御公儀に差し出されなかったのか！」

口火を切ったのは月番首座老中水野忠邦《みずのただくに》であった。

「己の制圧によって、一揆軍、キリシタン大名を成敗したのだから、記念として隠し持ち、代々、今まで家宝として引き継がれてもそれは仕方あるまいと思われるが」

土井利位《どいとしつら》が訳知り顔に白扇で扇ぎ乍ら、悠然と云った。

「老中筆頭として長崎くんだりまで討伐に出張って、勝利を得たからには当然の報酬で御座ろう」

こちらは堀田正篤《ほったまさひろ》。

「いや、報酬とか、値の問題ではあるまい。老中にあるまじき所業じゃ……」

攻撃の急先鋒は脇坂安董《わきさかやすただ》であった。

「黙らっしゃい、もしも貴公がこの任務をやり遂げられたら、何とする？」

「否、隠し持ち続けたこと自体が問題なのじゃ。只今の八代信順殿までの長きに亘って……」

苦虫を噛み潰したような顔で水野忠邦が云う。

「それにしても、この事実を双方に知らせてやったということが問題にされねばならぬ」

「二百年前の一揆は、幕府を覆《くつがえ》す程の、日本を二分する大事件で御座ったが、此度の騒動は、隠れキリシタンどもが、抱き続けた怨念と奪われた宝物を奪取せんとの盗賊まがいの、云わば些細な騒動に収まって不幸中の幸いと申すべきか……」

「何を云われるッ、江戸城お膝元の寺社奉行宅を深夜黒装束姿で襲撃するなど、容易ならざる一大事で御座る。何が些細なものか！　これを看過しては天下の安泰は御座らぬ」

老中脇坂安董は額に青筋立てて、捲し立てた。

「大草殿は、隣接する寺社奉行邸で勃発したこの騒ぎにお気付きなされなかったのか？　何をしておいでだった？」

矛先《ほこさき》は、突如北町奉行大草安房守に向けられた。高好悠然と、待ってました、とばかりに口跡鮮《こうせきあざ》やかに滔々《とうとう》と喋り出した。

「さて、それがし寝入り端《ばな》の亥《い》の刻《こく》（午後十時）過ぎに、突如沸き起こった怒号と喊声と剣戟の響きに驚いて飛び起き、外を見れば、お隣伊豆守様のお屋敷で何やら大騒動が持ち上がった気配――ご助勢に駆け付けたき所なれど、悲しいかな我等は町奉行所、お寺社の管轄の外で御座る。ゆえに指銜《くわ》えて漫然と見守るばかり。昨夜程、所轄の責任の重さ、町奉行の不甲斐無さを覚え、切歯扼腕したことは御座らぬ」

高好、無念の表情で白々しく天を仰いで扇子を遣った。尚も切り込む脇坂安董。

「ウゥ～ム。それにしても、漏れ聞いた伝聞に依れば、貴公の配下の隠密同心なる者がこの騒動の火付け役とか……血眼《ちまなこ》で探す隠れキリシタンたちにその聖母マリア像なる宝物の在り処を故意に教え、はたまた、その襲撃あることを伊豆殿の家中に知らしめ防御態勢を固めさせ、両者激突の闘争を図ったというは誠で御座るか？　たかが町奉行所の一同心が、かような一大事を画策して許されるべきや、否や。如何？」

　高好は慌てず騒がず、一同の表情を泰然と見回し、おもむろに口を開いた。

「御老中の皆様、よっくお考え下されそもそもの発端は二百年前の百姓一揆で御座る。それを制圧致した暁に、彼ら隠れキリシタンの本尊たる聖母マリア像を持ち帰るは当然の権利で御座ろうと思われまする。もしその場に居った総大将なら、誰にも異議の挟めぬ仕儀で御座ろう。幾藩かのキリシタン大名を成敗し、勝利を収めての凱旋で御座る。その彼らの象徴たるマリア像を所蔵するなど御公儀よりの当然の褒賞品で御座ろうと考えまするが、如何で御座いましょう」

　大草安房守の悠然とした問い掛けに、居並ぶ幕閣たちは顔を見合わせ、お互いの腹の裡を探り合っている気配――。高好は尚も続けた。

「それを根に持ち、奪取せんと狙い続ける隠れキリシタンどもに、その隠し場所を教えてやり、一挙に片を付けようとの狙いであったとのこと。それがしも知らされたのは後手に回り、後の祭りではあったが、この配下には日頃より、己の信ずるがままに行動し、幕閣の方々もご存じの通り、斬り捨て御免の認可証も与え、今まで幾度の難事件の解決をみたか、御一同様にはお分かりの筈。これ程の信頼を置く部下が企て巻き起こしたる仕儀。奉行としていささかの恥入る所存は御座らぬ。もしや責められるならば、この大草安房守一身に掛かるもの、部下の落ち度あるならば我が身を持って償《つぐな》う覚悟はいささかの臆するところは御座居ませぬ」

高好、正々堂々一身を賭して、部下を庇っての主張所感であった。

「ウゥ～ム。然し、斬り込ませた旗本千束与右衛門家には何のお咎めも無しか？ 夜の夜中に盗人まがいの黒装束に身を包んで、正面から斬り込むなぞ、上様のおわす江戸城お膝元を騒がす言語道断の所業、さしづめ家禄没収、お家断絶が適当と存ずるが、皆々様は如何処断召さる御所存か、承《うけたまわ》りたい」

舌鋒鋭く脇坂安董が一同を睨《ね》め廻し、居丈高《いたけだか》に吼えた。

「いや、それがじゃ……」

声を潜め、堀田正篤が身を乗り出して云った。

「御存じあるまいが、あの島原・天草の乱の折は、キリシタン大名小西行長の家臣で、天草五人衆と謳われた初代千束善右衛門の他四人の侍大将は、皆捕らえられ、改心せぬ者は斬首、磔の刑に処せられたが、千束家のみ、行方をくらまし杳《よう》として所在も知れなかったが、その断絶された筈の家柄が突如、四代家綱様の代に復職なってお目見得直参として名を連ねるようになったのじゃ」

「うぅ～む。考えられぬことじゃ。何があった？ 何の功績じゃ？」

「分からぬ。余程の業績を上げ、上様直々のお取り立てをもっての、只今の御身分で御座ろう」

「解《げ》せぬ！　我等幕閣の力をもってしても、お家廃絶、蟄居《ちっきょ》閉門もならぬのか。只手を拱《こまぬ》いて見守るほか、手は御座らぬのか！」

さしもの嵐の如く荒れた閣議も行き詰った――最早解決の糸口無し。水野忠邦がおもむろに高好を正面から見据えて重々しく云った。

「高好、最早、頼みはその方の懐刀《ふところがたな》の同心を頼らざるを得まい。良きに計らってくれ」

「ははっ、身に余る光栄に存じまする。それがしの配下共々、身命を賭して此度の解決に向けて全身全霊を捧げる所存に御座いまする」

高好、深く辞儀低頭して、その場を辞去したのであった。


その日、暮れ六つ（午後六時）には、八丁堀組屋敷、真壁亮之介宅には、丈吉、吉蔵が顔を揃え、亮之介を囲んで酒を酌み交わし、今後の傾向と対策を練っていた。

吉蔵が昨夜、松平伊豆守邸の天井裏から覗いた景色はかなり面白かったらしい。江戸家老の竹井武太夫と用人目付森山玄蕃が中心となって、手練《てだ》れの徒士侍《かちざむらい》十人ずつの組に分かれ、宵の口から準備万端、手ぐすね引いて待ち構えていたそうだ。

床の間のからくり柱の裏に聖母マリア像と掛け軸が隠されているとまでは知られているとは思わず、警戒は厳重であったが、殊更、奥の居室までは備えを固めてはいなかったらしい。

四つ（午後十時）の鐘を合図に、討ち入って来た千束家の隠れキリシタン二人の黒装束に鬨《とき》の声を上げて突撃したという。両者刀を振るって血塗《ちまみ》れの斬り合いが目の下八尺で巻き起こったのだ。

「あっしは旦那の斬り合いをいつも眼にしておりやすから、驚く程のことぁ御座んせんが、雪之丞と吾助爺ィの斬り様は、眼を覆いたくなるような寒気を催す斬り方でしたぜ。凄ぇの何のってもう、こんな風に斬られて死にたくはねえなぁ、と思わず逃げ出したくなりやした。そいでね、旦那の書いた密書の通り、床柱の後ろのからくり板を開いて、聖母マリア像を掴み出した時の喜び方は、もう天下を取ったような案配《あんばい》でやしたねぇ。ところで旦那ぁ、もう一本の床柱の中に天草四郎の掛け軸が隠されてる、っちゅうことは書かなかったんですかい？」

「そりゃオメエ、何もかも教えてやっちまったら面白くねえじゃねえか。片方だけが、濡れ手で粟の摑み取りじゃ不公平だろう？」

「な～る程、旦那も意地が悪ィやぁ。ところが奴ら、もう一本の床柱も探って見事、掛け軸も手に入れましたぜ。抜け目はありやせんや」

「そいで旦那は、高みの見物と洒落《しゃれ》るお心算《つもり》ですかい？」

丈吉の問い掛けに、亮之介がしたり顔で何度も頷いた。

「そうよ、この勝負、どっちに転ぶか分からねえ。直かにオイラに火の粉は降り掛かっちゃ来ねえんだから、どっちにも肩入れは出来ねえ。そうじゃねえか？」

「な～る程、今までの敵みてぇに、旦那の命を的にしての戦いじゃ御座んせんからねぇ……

チョイと気が楽って訳で御座んすね？」

丈吉が又、訳知り顔で頷いて、舌を鳴らして盃を干した。吉蔵の顔はもう、たった一人で五合徳利を空けたように真っ赤だ。そして熱い息を吹き乍ら云った。

「じゃぁ旦那はこのまま黙って、素知らぬ顔で見物してようとの魂胆なんですかい？」

もう吉蔵の舌はもつれて絡《から》み酒の様相を見せて来た。

「いや、そういう訳にも行くめぇ。お奉行から一切の下駄を預けられてるんだ。何とか片を付けなきゃ、斬り捨て御免状を頂く俺としちゃ顔向けがならねえ。さぁて、どう収めるかだ。……もう一度、デケェ石っころを投げ込んでみるか」

「へっ？ デケェ石っころって、どのくれぇデケェんですぃ？ どんな石っころで？ 旦那ぁ、あっしらにも分かるように教《おせ》えておくんなさいよォ」

吉蔵が甘えるような、絡むような口調で亮之介に云う。

と、その時、障子を開けて銚子のお替りを運んで来たお静が、部屋へ入るなりプッと吹き出して云った。

「まぁまぁ吉蔵さんたら、お顔がお猿さんみたいに……」

「へっ、奥様、そりゃどういう意味で御座んす？ ヒック」

「だから、吉蔵さんの顔が、真っ赤なお猿さんのお尻みたいな色に変わってしまってるから……ホッホッホ」

「おぃおぃ、お静、オメエ、そんな品のねえ云い方しちゃ吉蔵に悪《わり》ぃぜぇ。けど当たってるから面白ぇや」

「だ、旦那ァ。そりゃぁ、あっしを酒の肴にして呑みゃぁ、酒も美味しかろうで御座んしょうよ」

「よぉ〜し、今夜はこの銚子二本でおつもりにして、明日から又一丁気合を入れてやらかすかッ！　おい、吉蔵、もう酔っちめぇ！　丈吉もだぞォ！」

こうして真壁家の夜は更けて行った——。

四

デケェ石を投げ込む？　亮之介自身にもそれが何か皆目分からなかった。

何か引っ掻き回さねば、何も動かない。この終結をどう始末付けたら良いのか？

矢張り此方から何か仕掛けねばなるまい。となれば、吉蔵だ。天井裏だ。天井裏からは、相手が覗かれていることに気付かず、本心を曝け出している姿が視《み》られるわけだ。ましらの吉蔵、天下一品の得意技だ。今まで何度助けになったか分からぬ。敵を知らば百戦危うからず、だ。

今度も吉蔵の得意技を駆使して貰って、突破口を開かねばなるまい……。

直ぐにも指令は実行された。神田一ツ橋の千束邸の天井裏は、吉蔵の手の内だ。奉行所隣の松平伊豆守邸の表には丈吉が張り込んだ。

今日も、七日に一度の千束邸での切支丹たちの会合を、吉蔵が天井から覗いていた。不味《まず》いことにはここは土蔵という、天井板を張っていない梁を渡しただけで、身を隠す場所がないことだ。せいぜい明かりが届かない暗闇を見付けて、身を潜《ひそ》めるより仕方がない。

発見される度合いの大きい危険極まりない場所なのだ。誰かが上を見上げて不審を持って見渡せば直ぐにも見付かってしまうだろう。然し吉蔵は闇に溶け込める自信があった。頭から足の先まで黒ずくめだ。今までの経験からいっても発見されたことがない。

見下ろせば、この日はいつもと違っていた。千束家の家臣たちも交ざって百人以上の信者に囲まれ、中央に身の丈六尺を優に超す金髪の伴天連《バテレン》が、黒色の長衣を羽織って土蔵の奥の壁に向かって立っている。頬、顎を縮《ちぢ》れた赤ひげが覆っている。

壁から布切れがハラリと外された。一丈（三メートル）の高みの台座にあの金無垢の聖母マリア像が燦然《さんぜん》と置かれ、その隣にはあの天草四郎の掛け軸が掛けられ垂れ下がっている。左右に据えられた龕灯《がんどう》二基がそれを煌々と照射した。信徒たちの口から「オオッ〜」と何とも云えない感嘆の声が漏れ、どよめきの輪が広がり、それは感涙《かんるい》の鳴動《めいどう》となって伝播《でんぱ》して行った。神々《こうごう》しい金色の輝きは眩《まばゆ》いばかりだ。

天井の梁から見下ろす吉蔵にも、彼ら信徒の感極まる真情が手に取るように伝わって来た。

やがて、黒色の長衣を翻して向き直った伴天連《バテレン》が、朗々と響く節を付けた異国語で何やら厳かに喋り出した。傍に立つ薄絹を被ったお雪が通訳した。

「御神父ヨハネス・パブロ様がこう仰っております。さぁ皆様、漸く我等の下《もと》に還《かえ》って来た聖母マリア様に心からのオラショを捧げましょう。聖母マリア様の御心《みこころ》に触れ、その御慈愛に満ちた全能の神ゼウスの神の魂に適《かな》うように全身全霊を持ってお祈りするのです。アンメンリウス……アンメンリウス！」

胸の前で指で十字を切り、指組み合わせて合掌し、一斉に低い呟きの祈りの言葉が唱えられ始めた。その合唱は朗々として五十坪はあろう土蔵内に共鳴し、皆、忘我《ぼうが》の境地に達したかのように敬虔《けいけん》な祈りの場の雰囲気に埋没しているのが分かった。

ヨハネス・パブロと呼ばれた神父が跪《ひざまず》いた一人一人の前に立ち、頭《こうべ》を垂れた信徒の頭上に掌をかざし、一言ずつ何やら呟いて次へ渡る。信徒は皆項垂《うなだ》れて恵みを与えられた羊の如くひれ伏すのだ。中には感極まって神父のかざす手に両手で縋って仰ぎ見、涙ぐむ者もいる――。

その空間には、神に支配された敬虔《けいけん》な何ものも犯し難《がた》い雰囲気が漂っていた。吉蔵は、ただ茫然と梁の上から見下ろし眺めるばかりだ。

再び金髪の伴天連が喋り始めた。お雪が通訳する。

「二百年前の厳しい苦難に遭い、それを見ておられた聖母マリア様が今再び蘇《よみがえ》られた。ゼウスの教えを伝え、もう隠れて居なくてもよい世界にしなければなりません。それにはどうしたら良いでしょう？　皆様、知恵を絞って、イエズスの大いなるお力をお借りして、理不尽な迫害を排除し、住みよい世にするのです。分かりましたか？」

土蔵の中には、共感の呟きがどよもし、さざ波のように広がって行った。今や、金無垢の聖母マリア像に魅入られ、皆の気が集中し、行く末の目的を掴み取ったような一体感が生まれていた。神を信じる力とは恐ろしいものだ、と無宗教の吉蔵でさえ慄然《りつぜん》とせざるを得ない魅《ひ》き込まれる気が充満していた。

熱に浮かされたような集会が終了した。信徒たちは、熱い想いを胸に秘めたような上気した相貌で、それぞれ散って行った。

信徒が帰った後、千束家の家臣と見慣れぬ顔三、四十人が残って、ヨハネス・パブロ神父とユリアお雪を囲んで合議が持たれた。その中心には当主の千束与右衛門も加わり、作戦会議が開かれている。然し、悲しいかな、五間（九メートル）下の密談には、耳を澄ましても聞き取れず、吉蔵としては尻尾を巻いて退散せざるを得なかった。

八丁堀組屋敷へ戻って、吉蔵が亮之介に今夜の不漁を詫びた。

「旦那、申し訳御座んせん。手土産はありやせん。ただ今夜は、初めて見た赤髪に青い眼をした伴天連と、見慣れねぇ奴らがおりやしたぜ。伴天連は阿蘭陀《オランダ》辺りから来たんですかねぇ？」

「ふぅ～ん、文字通り、紅毛碧眼《こうもうへきがん》ってやつだな。異国の宣教師か……」

翌る日に、突如様相が激変した――。

御城から戻った高好からの呼び出しで、奉行所へ顔を出すと、高好が重々しく云った。

「亮之介、御老中よりのお達しじゃ。隠れキリシタンどもを殲滅せよ、と方針決定された。その際の条件として、千束家は決して潰してはならぬとの幕閣からのキツイお達しだ。何故だか分からぬ。余程千束家が幕府に重用《ちょうよう》されておるのだろう。我等には分からぬ此度の御老中方の決定であった。御公儀より千束家への使者が立てられる。おそらく、お目付本多備中守正唯《ほんだびっちゅうのかみまさただ》殿が使者となろう。一方、松平伊豆守殿には、隠れキリシタンどもの襲撃から何としても身を守れと。そしてだな亮之介、その方に力を貸してやってくれとのご要請であった。聞き及ぶ天草からの手練れの剣士を斬り捨てるのじゃ。そのための御免状、お墨付き鑑札じゃ。私情を挟むな、己の立つ場所は何処じゃ。よいな、亮之介、御公儀からの厳命なのじゃぞ。思い悩むことなどない、一心で進め」

「……。御前、なれど、千束家は、当主与右衛門をはじめ家臣一同が揃って切支丹で御座います。これをすべてそれがしが、斬り捨てて宜しいので？　ひいては千束家は家名断絶、家臣離散の憂き目を見ることは必定《ひつじょう》。決してお家を潰してはならぬとの厳命には納得が参りませぬ。千束家が消滅するは必然で御座いますぞ……」

「御公儀からの有無を言わせぬ御下命《ごかめい》じゃ。従うより致し方あるまい」

何時にも似合わぬ高好の冷徹な眼差《まなざ》しが、亮之介の眼を捉えて見据えていた。

「はっ、早速明日《みょうにち》からでも動き出します。ご期待に添いまする」

帰途の足は重く、辛かった――。

信教の自由を謳《うた》い乍ら、幕府は切支丹だけは禁じている。仏教・神道以外はもう既に二百年もの長きに亘って隠れキリシタンを弾圧し、改宗させようと、依然として踏み絵の強制は続けられているのだ。突如、脳裏に、栗栖雪之丞、いや、お雪の面影が浮かんで消えた。そして、吾助の姿も――。今後はこちらから、彼らを敵として狙い、斬り捨てるべく決着を付けねばならぬのだ。

千束家家臣を別にして、肥前天草から出府して来た隠れキリシタンは、どれ程の人数なのか。それをどう区別するのか。難しい選別であった。だが、やらねばならぬ。公儀からの御下命なのだ。迷ったり、躊躇《ためら》ってはならないのだ。

亮之介は心を決めた。あとはもうまっしぐらだ。栗栖雪之丞を、吾助を斬り捨てるのだ！

動き出せば素早い。吉蔵を、千束邸に張り付けた。丈吉は松平伊豆守邸だ。

五

一方、千束邸の広壮な裏庭に面した奥まった一室――。

剪定《せんてい》の手が入り、整えられた庭の池に泳ぐ鯉が時折パシャッと跳ねる水音が聞こえる。鹿威《ししおど》しのコーンと竹筒の落ちる音も侘《わ》び寂《さ》びの味わいを覚える。

お雪が一人、濡れ縁に膝を横に崩して今日は女性《にょしょう》の姿で物思いに耽《ふけ》って座っていた――。

青色の初夏の風が、後ろで束ね長く垂らした赤髪を揺らしている。彫りの深い横顔が憂いを籠めて伏し目がちに吹く横笛の音が、びょうびょうと庭の松、欅《けやき》の梢《こずえ》を吹き渡って行く。その笛吹く姿は、一幅《いっぷく》の名画を見るようであった。喜多川歌麿や英泉や歌川国貞ら美人画の大家と謂われる絵描きが垂涎の、絶世の美女の風情が在った。

お雪の胸は揺れていた――。

過日、亮之介の誘いの書状に乗って、上野不忍池《しのばずのいけ》畔の〈芳乃家〉に出掛け、呼び出しの宛名は栗栖雪之丞であったが、何故か男装ではなく、女性《にょしょう》お雪の姿で会いまみえたのであった。

処女のお雪が身も心も投げ出して、亮之介に対する想いの丈を、己の恋情をぶつけたのだ。『ひと目見た時から好きばい』『好いちょりましたばい』と故郷長崎弁で情熱の限りを迸《ほとばし》らせたのだ。その熱き想いは、お静という亮之介の妻の存在を、芳乃家の女将に告げられて見事に撥ね退けられたが……。

お雪は、肥前平戸に育った少女の頃から、不可思議な強い霊感を、我が物にして育って来た。もとより、どんな少女でも未来に対して、さまざまな想像の翼を広げるものだが、お雪の場合、他の少女たちの想像と違っていたのは、一人の男を慕うために、自分はあらゆる苦しみに耐える運命にある女だ、という霊感をいつの間にか、はっきり胸に抱いていたことであった。

相手がどんな男であるか、ということまでは思い浮かべることは叶わなかったが、その男に出会ったならば一瞬にしてひと目で、『この男《ひと》だ』と分かるに相違ないと思い込んでいた。そしてそれがどんなに恐ろしい素性や性格を持った男であろうと、自分は命を捧げるだろうと、誓うことも出来た。

お雪は、天草烏山神社《あまくさからすやまじんじゃ》の宮司《ぐうじ》の娘として、一挙手一投足までが、神の名のもとに形式に律せられ、儀礼に縛られた境遇に育った。

既に阿蘭陀生まれの産みの母は居なかった。母は、隠れキリシタン狩りの網に掛かり、踏み絵の強制、転び伴天連に転向せよ、との強要、拷問に遭い命を落とした。残された切支丹の父を持つ娘ともなれば、四六時中戒律に縛られ、ほんの片刻《かたとき》さえも、自由に振る舞う時を与えられなかった。全能の神ゼウスの教えを心底から教え込まれたのだ。

只、幼い頃から傍に、陰になり日向《ひなた》になり付き従う吾助という従者と共に、剣術の鍛錬で天草の山野を駆け回る時だけが、心身共に解放され、その自由さに我を忘れて羽ばたいたものだ。剣術の腕は、比類なき上達ぶりを見せ、名状《めいじょう》し難い魔剣を修得するに至った。

従って、お雪のような聡明な女でも、幻の男を考える時、おのずから、その想像の羽を伸ばすところは、おのが心を縛《しば》る喜悦であったのは、致し方がない。

男のために尽くすことを、女の喜びとする、という神の摂理《せつり》を、お雪は、自分を最も哀しい犠牲者にすることで、破綻してみたかったのであろうか。いずれにしてもお雪は、自分の霊感に疑惑を差し挟んだことは、一度もなかった。そういう強さを備えている娘であった。

真壁亮之介に、箱根の山中で初めて会った瞬間に、この人だ！　と直感した。口移しの水を飲み下して初めて、宿命の男だ、と実感した。と言えば誇張になろうか。

印象としては、冴え冴えとした風貌、男の強さを秘めたその容姿や優しい声音が、別れた後も日が経つにつれて、かえって脳裏に鮮やかに蘇《よみがえ》るようになってから、お雪は、自分の霊感を亮之介に結び付けたと云える。そして、不忍池の料亭〈芳乃家〉を訪れ再会した時に、堪え切れずに情念は迸り出て、亮之介への恋情の告白となったのだ。然しそれは——。

次に何処《どこ》かで邂逅《かいこう》した折には、お互い命を賭しての剣を交えるだろうという悲惨な結果となってしまった——。これも、宿命か……お雪は従容《しょうよう》と受け入れたのだ。

今、冴えわたる笛の音は、誰の耳にも沁み込む哀し気な旋律を残して、木々の梢を渡って響きなびいて行った——。

「嬢様」

と遠慮がちのしわ枯れ声が聞こえ、障子戸がそっと開いた。吾助が廊下に蹲《うずくま》っていた。

物思いに沈んだお雪の想いは一遍で覚醒した。

「嬢様、ご機嫌は麗《うるわ》しゅう御座いませぬなぁ。近頃の嬢様をお目にしますと、この爺ぃも胸が塞がれたように沈んだ気に落ち入りまする。何を想い悩みまする？　幼き頃より、寝食を共にし、同じ境遇を闘って来たのです。爺には手に取るように嬢様の気が察せられます。どうぞ、お気を取り直し、我等が大望に邁進なされますよう、お祈りし願わずにはおられません」

「爺、済まんたい。けど、この気持ちはどもならんとね。もう暫くそっとしといてくるっとばい」

「嬢様、嬢様の胸の裡にはあの真壁亮之介とか申す侍の面影が消せず、住んでいるとね？　この爺ぃの眼は誤魔化せませぬばい。……今後出遭った時には剣を交えねば済まんとやけん。あ奴は敵の、幕府側の役人ですばい！　そン時には、この爺が叩っ斬りますたい！　その覚悟はありよっとかい、嬢様ッ」

「……爺ぃ、分かっとるばい。心配せんでよか。ばってぇ、もう暫く放っておいとっと……」

お雪の塞ぎ込んだ声音は変わらなかった。吾助は深い溜息を吐いて、引き返さざるを得なかった。足音を忍ばせて廊下板を踏む吾助の背を、お雪の気の籠ったひゅ～ぅと切なげな笛の音が追い掛けた。


北町奉行所総員に大捕り物の下知が下された。一ツ橋小川町の千束邸付近を固め、七日に一遍の割合で参集する隠れキリシタンの連中を一網打尽に捕縛せよ、との公儀からの厳命であった。その以前に公儀御使いとして、目付本多正唯が千束与右衛門を訪《おとな》い、隠れキリシタンたちの参集場所の提供を止めるよう、公儀の御意向として伝えていた。そして同時に、肥前天草から上府して来た隠れキリシタンの剣客たちを差し出せとの上意下達《じょういかたつ》も通達された。

そして、隠れキリシタン摘発の当日――。

千束邸を中心に、奉行所の与力・定廻り同心を頭に足軽小者たち捕り方が、水も漏らさぬ布陣を敷いた。手には各々、刺股《さすまた》、袖絡《そでがらみ》、突棒《つくぼう》など捕り具を用意して、準備万端怠りない。初夏の夕陽も暮れなずんだ黄昏時《たそがれどき》、千束邸を目指して三々五々と集まって来る信徒たちを、物陰に隠れた捕り方たちが飛び出し、片端から捕縛する――。恐怖の表情を浮かべて逃げ惑《まど》う夫婦者もあれば、覚悟を定めていたのか、従容として縄を打たれる老人たちも多かった。子供たちが泣き叫び、一刻の間、この武家屋敷一帯は騒然となった。

吉蔵からもたらされた情報により、土蔵内に隠された金無垢の聖母マリア像も探索したが、その神々しい姿を見付けることは出来なかった。秘かに又隠されたのは明白であった。ただ不思議なのは、千束家が目付役に踏み込まれ、その探索を受けても何の敵対行為を見せなかったことだ。

北町奉行所挙げての大捕り物事案であるから、奉行大草安房守も出張り、千束邸の二軒離れた旗本村上忠左衛門宅を根城に本陣とした。広大な庭に捕らえられたキリスト教信者が数珠繋《じゅずつな》ぎで集められた。高好の傍らには、隠密廻り同心として亮之介も控えて、捕縛された中に、栗栖雪之丞、吾助らの姿が見えぬかと眼を光らせていた。

が、遂ぞ、その姿を発見することは適《かな》わなかった。おそらく千束与右衛門が隙を見て、奉行所の眼を掠《かす》めて逃亡させたに相違ない。何故か亮之介の胸の裡に、秘かに安堵の吐息が漏れた。捕縛後の、改宗を迫る呵責《かしゃく》無き拷問を知るだけに、捕らえられた姿を目にするのも忍びなかった。容易《たやす》く捕縛されるとも思わなかったが……。

（いずれは、刀を抜き放って対峙し、命の遣り取りも避けられぬ関係なのだ。どちらが勝利を収めるかは神のみぞ知るだ……）

亮之介の胸中には、その不敵な呟きがあった。

六

松平伊豆守信順、三河国吉田藩七万石お抱えの剣術指南、森山玄蕃が襲われた。江戸家老竹《たけ》井《い》武太夫《ぶだゆう》の警護人として付き添って外出の際、狙われたのだ。

辛くも近くの寺に逃げ込んだ竹井武太夫の声を震わせての言によれば、駒込に在る酒井雅楽《うた》守邸《のかみ》への藩主伊豆守の使いの帰途、白山通りの寺社が立ち並ぶ道筋で待ち構えていた五尺に満たない小男に襲撃されたという。

道を塞いでのっそりと立つ小男が、寸の詰まった小太刀を抜き放った。その刀は常夜灯の明かりに鈍く煌めいて凶悪な光を放っていた。

「松平伊豆殿の江戸家老様とお見受け致す。お命頂戴仕りますぞ」

視線を伏せたまま、低く呟くような口調であった。

「御家老、さ、早くお逃げ下さい。この場は拙者が……」

庇って前へ進み出た剣術指南役の、その言葉に救われて武太夫は近くの寺に逃げ込んだ。

森山玄蕃、二天一流を遣う達人だ。片や、対するは吾助の小太刀――。

立ち塞がった小男に、玄蕃は自信たっぷりに大小二刀を抜き放ち、小刀は中段の構えをとった。剣先を相手の正中線に捉えて、そのまま横に開いて大きく構えた。瞬間、吾助は一間を跳んで、飛び退《さが》った。息詰まる数瞬の間の対峙があった後、吾助がうっそりと口を開いた。

「お武家様、その大層なお刀で私が斬れますかな？　ばってぇ、大小二本も要りますかな？」

地の底から湧いて来るような不気味に響く声音だった。

「貴様が尾《つ》けていたのは、先刻承知だ。貴様も天草から出て来た隠れ伴天連か。我が二刀を受けてみよッ！」

云うや否や、大小二刀の剣先が生き物であるかの如く、目まぐるしく息も継がせず、頭上を、胴を狙って襲って来た。

刹那、不吉な夜烏《よがらす》が飛び立つに似て――月光の満ちた空に躍った吾助の黒い影は、刃風を鳴らしつつ、玄蕃の頭上を翔《か》け抜けた。何処をどう斬ったのか、眼には留まらなかった。すとんと着地した後に振り返れば、大刀を右手にかざした大きな躰が地響き立てて前のめりに倒れた。頭蓋を断ち割られ、血の噴き出す音が耳を打った。

――闇の中から、すぅ～と常夜灯の明かりを受けて、栗栖雪之丞の姿が浮かび上がった。哀調を帯びた静かな声が聞こえた。

「爺《じ》ぃ、見事な敵討ちだったね。命を落とした仲間たちの無念さも少しは報われたことでしょう。松平伊豆にはまだまだ震え慄《おのの》かさねば気が済まぬ。二人だけででもこれは続けねばならぬのです」

「嬢様、漸くその気に戻られましたか。爺《じ》ぃは嬉しゅう御座いますぞ」

「さ、新しい隠れ家へ帰りましょう」

淡い月光を浴び長い影を引き摺って、二人の姿が寺社通りを南へ進み、闇の中へ溶け込んだ。


剣術指南森山玄蕃討たれる、の報は、半刻後家老竹井武太夫により、松平伊豆邸にもたらされた。逃げ込んだ酒井雅楽守家来四人に守られて、屋敷に戻った武太夫は、藩主、否、奏者番頭、寺社奉行たる松平伊豆守の前に平伏し、事の次第をかいつまんで報告した。

「殿、いつぞや当屋敷を襲い、聖母マリア像を奪った隠れキリシタン一味の片割れの襲撃で御座いました。あの折の、不可思議なしたたかな剣を振るう二人の者は、過日千束邸を探索し検挙した一党の中には見当たりませなんだ。町奉行所の網の目を掻《か》い潜《くぐ》って姿をくらました天草からの刺客に相違御座いませぬ。殿は、以前西御丸下で御駕籠を襲撃されております。本日、この私めの命も狙われもうした。いつ又再び、殿のお命を狙って襲い来るやも知れず、充分なる警戒とご注意を怠らぬ様お願い申し上げます」

伊豆守が思慮深く、眉宇《びう》を顰《しか》めて、呟いた。

「二百年前の因縁を今日《こんにち》まで引き摺って、執念を燃やして狙い続けるとは敵ながら恐ろしいものよ……そうか、森山玄蕃が討ち取られる程の手練れであったか……一刻《いっこく》の油断も見せられぬのぅ」

「殿、北町の隠密同心に真壁亮之介と申す、幕閣より斬り捨て御免状のお墨付きを頂く剣の達人が居ると聞き及んでおります。七万石の譜代大名、寺社奉行たる殿が、三千石の町奉行大草安房守に頭を下げて、その同心をひと段落するまで、警護役としてお貸し願いたいなどと依頼するのは沽券《こけん》に関わるやも存じませぬが、背に腹は代えられませぬ。何卒、明日の閣議の席に於きまして、この件を申し出たら如何なもので御座いましょう」

「うむ。日々の行動に戦々恐々として過ごすなど、耐えられぬ。明朝にもその方が北町に赴いて高好に依頼したらどうじゃ」

「はは、御承知下さいますか。仰せの通りに」

かくして、北町奉行所隠密廻り同心真壁亮之介は、幕閣、奉行所からの厳命を頂き、松平伊豆守直属の身辺警護、平たく云えば、用心棒の役目を仰せつかったのである。

常から定廻《じょうまわ》りなど定期的な務めには就いておらぬので、何の支障もなく、着任することが出来た。ただ、今までのように、着流しで大小落とし差し、素足に雪駄履きというわけにはいかない。羽織袴で武士の正装を整え、帯刀する大小は閂差《かんぬきざ》しでなくてはならない。お静に用意させた。今後当分の間、伊豆守に張り付いて、伊豆邸に宿泊もせねばならぬ。引き受けた限りは、任務を全うせねばならぬのだ。失敗すれば、上司高好の顔に泥を塗ることになるからだ。

暫くの間、自らが動いて探索の任に当たることが出来ないので、吉蔵と丈吉には、姿を隠した栗栖雪之丞、吾助の新たな隠れ家を探るよう命じた後、伊豆守邸へ赴いた。

下にも置かぬもてなし様であった。専属の女中が付き、三度の膳の上げ下げに従事してくれるのだ。口さがない家臣たちの好奇心と嫉妬心がない交ぜになった呟きも聞こえて来た。

「殿の身辺警護で本日より、北町奉行所の同心風情が任に当たるそうだ」

「ふん、どれ程の剣の手練れか知らぬが、森山玄蕃殿を凌《しの》げるのか？」

広壮な屋敷内を伊豆守に就任の挨拶に行く途中、廊下の片隅に二人、三人と集《たか》って聞こえよがしに噂し合う狭量な家臣たちが目立った。亮之介は平然と彼らの顔を見遣って、内心（代われるものなら代わってやるぜ）とうそぶいた。

居室は、藩主伊豆守の一部屋置いた隣に用意された。

（この距離ならば、何か変事あれば、即座に駆け付けられる……）

秘かに吉蔵に命じて、屋敷中の天井裏と床下を探らせた。何ぞ危険な罠や仕掛けが無いかを探らせたのだ。吉蔵の危機を嗅ぎ付ける天性の勘というか、盗人独特の嗅覚を当てにしたのだ。

早くも泊まり込み初日の晩に、その成果は挙がった。四つ半（午後十一時）過ぎに、もう夜具に入って寝入っていた亮之介の耳が微かな異音を床下に感じたのだ。亮之介の〈常在戦場〉の本能は熟睡中であろうが、即座に覚醒する。コツコツと床板を叩く音がした。

起き上がると脇差の鞘に仕込んだ小柄を抜き、畳の縁に突っ込み、ぐいっと抉《えぐ》るように力を籠めると一枚の畳が剥がれた。床板を外した闇の中から、ぬぅ～と黒手拭いで盗人被りし、泥に汚れた猿面が現れた。

「へっへっへっへ、お休み中をお邪魔致しやしたか？」

「吉ッ、遅い御入来じゃねえか。何があった？」

「あ、ありやした旦那ッ、ど偉《えれ》ぇ物を見付けやしたぜ、そいで、朝まで待てねぇで、お知らせをと思いやして……」

「ふぅ～ん、どの位ど偉ぇもんだ、寝てるオイラを起こす程か？」

へっへっへ、と畳の上へ顔だけ突き出した吉蔵が、やおら懐から得意そうに取り出したものは——何と。黄金色に燦然と輝く慶長大判一枚——。

金色の表面に〈拾両後藤〉と墨書きされている。亮之介も目にしたのは初めてであった。慶長六年（一六〇一）幕府御用達彫金師《ごようたしちょうきんし》後藤四郎兵衛《ごとうしろべえ》家が鋳造した貨幣で、上下左右に五三《ごさん》の桐紋《きりもん》が刻印されている。徳川家康が天下統一を象徴する貨幣として位置付け、二百三十年後の当節の不純物の多い粗悪小判に比して、純金の含有量たっぷりの滅多に見られぬ逸品であった。

「吉ッ、確かにこりゃぁ、ど偉ぇもんだ。何処で見付けた？　いや、何処に隠してあった？」

「へえ、御当主伊豆守様の寝所の下の土ン中に、鉄櫃《てつびつ》二つに入れられてゴッソリ眠ってやした……何百枚、何千枚あるか……おっとろしい額になりやすぜ」

「その通りだな。この黄金色を見ちゃぁ俺も目が覚めた。よし、この一枚は俺がお預かりして、明朝でもお奉行にお見せしてご意見を聴くことにすらぁ。御苦労だったな吉ッ、もう帰って寝な。おぅおぅチョイと待ちな」

一旦、床下へ潜った猿面が、へっ？と又覗いた。

「吉、オメエ、一、二枚くすねちゃいねえだろうな。お宝に持っていようとか」

「と、とんでもありゃせん。そんな猫ばばしたら、眼が潰れて、指が曲がっちまいまさぁ。あっ、端《はな》っから、人差し指は曲がってやしたねぇ。へっへっへ、お休みなさいやし」

泥に汚れた猿面がすぅ〜と床下へ潜り、消えて行った。

亮之介の頭は冴えた。もう眠れやすまい。慶長大判が数百枚、何千枚——松平伊豆守の寝所の真下に隠匿《いんとく》されていた——。からくり床柱の中に隠された金無垢の聖母マリア像と、天草四郎時貞の祈りの掛け軸、そして、この慶長大判！　何百万両に匹敵する価値だろう。

高山右近・小西行長・大友宗麟《そうりん》・黒田官兵衛・有馬晴信《ありまはるのぶ》らキリシタン大名が、この慶長大判を蓄えていて、幕府からの一揆討伐上使の智慧伊豆信綱が、討伐の証、戦利品として持ち帰ったのではないかとは充分に考えられる。然し、清廉潔白《せいれんけっぱく》、幕藩体制の確立や武家諸法度《しょはっと》の制定や、鎖国と云われる貿易統制に貢献した松平伊豆守が——まさか……。

考えられるのは、何代もの後の子孫に残そうとする深謀《しんぼう》遠慮か。

今、その宝物が此処松平伊豆守邸の主の寝所の床下の泥の中に眠っている——。

翌朝――と云っても午《ひる》近く。亮之介の姿は奉行高好の居室に在った。

「ふぅ～む。慶長大判が鉄櫃二個に何千枚ものぅ……。あの智慧伊豆と名の高い松平様が、そのような武士にあるまじき仕儀を行うであろうか。此度の隠れキリシタンとの闘争は、もしやこの宝物の争奪戦であったやも知れぬのぅ。隠れキリシタンどもの策謀は、松平殿の幕閣にあるまじき恥ずべき行為をあからさまに天下に知らしめ、幕藩体制を揺るがせ、穴を開ける手段であったのかも知れぬのぅ……」

「御前、その後判明したところに依れば、千束与衛門が何故幕臣として再び取り立てられ二千石もの俸禄を頂いているのかが相分かり申しました。先日、伊豆守様のお許しを頂いて、お屋敷の書庫に入り、色々調べまして御座います。何と、天草五人衆として一揆軍の一方の頭として、落城後、他の四人が打ち首に処せられたにも拘らず、一人姿を消し……」

亮之介は奉行と額を寄せて策を練った後、伊豆守邸へ戻った。

手下の吉蔵が懐に仕舞った封書を大事に抱いて、表門を覗き込んだ。奉行所門脇の中間控えで茶を呑み乍ら、目敏く見付けた忠助が小走りに駆け寄った。そっと懐中から取り出した封書を見て云った。

「吉蔵さん、真壁様への書状か。よし、わしがお届けしよう。このところ、お隣の松平伊豆守様屋敷に詰めていらっしゃるのだ。確かに引き受けた」

受け取ると、右へ曲がって一丁先の松平邸へ駆け付けた。

奉行所から至急の使いだ、と伊豆邸の門番に取り次ぎを頼み、無事亮之介に会うことが叶ったのだ。当主伊豆守様の次の間に与えられた奥の間に通された。

「おぅ忠助、久し振りだな。さ、入れ入れ。オメエの顔を見ねえと寂しいや。で、今日はどうした？ 余程の急用か？」

畏まって膝を折った忠助が、畳の上を滑らせた封書一通――。

美しい女文字で、表に、真壁亮之介様御身許《おみもと》江、裏を返せば、雪、とあった。

「ふぅ〜ん、こいつぁ……」

もう命の遣り取りまで会うことはあるまいと思い込んでいたから、不可思議な狐に抓まれたような面持《おもも》ちで書状を拡げた。

『真壁亮之介様、過日、上野不忍池畔《しのばずのいけ》水茶屋〈芳乃家〉でお目もじして以来、もう会わぬ決意で御座いましたが、想いが募る一方で、はしたない我が身がお恥ずかしゅう御座います。この度、聖母マリア像も手に入れ、何時までも二百年前の遺恨と執念を燃やし続けることに、意義を感じぬこの頃で御座います。吾助共々天草へ帰ろうと改め、ついては、お別れのお目もじの一瞥《べつ》を致したく、明日七つ（午後四時）、吾助をお奉行所へお迎えに上がらせまする。何卒、雪を哀れと思召《おぼしめ》しましたなら、お出で下さりませ』

一抹の危惧と罠を感じぬでもなかったが、亮之介は嘗《かつ》てより、五体の防禦のために、隙を作るまいと心掛けたことはなかった。無手勝流《むてかつりゅう》の隙だらけなのだ。突然の襲撃にも咄嗟《とっさ》に反応出来得る自信があるから、神経を研ぎ澄ませて待つという躰の備えは常時はしていない。（乗ってみよう）と即座に決めた。然し、剣技において劣るかも知れぬと思いを馳せた相手の巣を訪れるのだ。無事を確約するものは何も無い。

「忠助、手下の吉蔵と丈吉に、明日七つに奉行所門前に張っていてくれ、俺の行き先まで尾行を頼むと伝えてくれ」

忠助は、その皺深い相貌に不安げな面持ちを隠そうともせず、去って行った。

その後、側用人竹井武太夫を訪《おとな》い、明日、隠れキリシタンの首魁《しゅかい》の隠れ家へ招かれたので、明日は留守にすると云い置き、居室へ戻った。

翌る日――七つ（午後四時）の鐘が鳴る。奉行所門前に佇《たたず》み待つ亮之介の面前に、計ったように吾助が現れ、小腰を屈めて慇懃《いんぎん》に云った。

「有難う御座います。嬢様がお待ちかねで御座います。ささ、案内《あない》致しまする」

ちょこちょことガニ股の足は、外堀の一石橋を渡り、南方向へ向かう。姿は見えぬが、吉蔵か丈吉が尾けているのは間違いなかろう。

江戸川橋を渡って大川沿いに南へ半刻ばかり、道々、吾助は話し掛けても貝のように口を閉ざしてひと言も喋らない。もう辺りは田地ばかりで、夏の夕日が西に傾き、長い影を引き摺っている。目白不動も通り過ぎ、何処まで行く、と聞こうとしたその矢先、吾助が振り返って陰鬱《いんうつ》な声音で云った。

「こちらで御座います」

八幡宮水神社《はちまんぐうすいじんじゃ》――黒田豊前守《ぶぜんのかみ》、細川越中守ら大名家下屋敷が点在している。広大な境内を進むと、離れと思しき一隅に宿坊《しゅくぼう》がぽつんとひと棟建っていた。

（そうか、お雪の父は、天草烏山神社の宮司と云っていた。此処が江戸在住の隠れキリシタンたちの棲み処であったか）

過日、千束邸取り締まり後、如何に探索の網を拡げても、此処までは及びもつかなかった筈だと、亮之介は得心がいった。

瀟洒《しょうしゃ》な草庵《そうあん》の趣の枝折戸を押し開け、縁先を掌で指し示し、

「こちらから、どうぞ」

と言い置いて、吾助は姿を消した。

夕靄《もや》の中に幽玄《ゆうげん》な佇《たたず》まいを見せる庵《いおり》――背景の杉木立から蜩《ひぐらし》の鳴き声が静けさの中に響いている。

と、亮之介の鼻に、あの芳しい馥郁《ふくいく》たる匂い袋の芳香が漂って来た。お雪の匂いだ。誘われるように濡れ縁を上がり、奥の間へ進む――。

と、目の前に、寝所一杯に張られた青蚊帳《がや》の中に、お雪が静かに仰臥《ぎょうが》していた。白い紗《しゃ》の寝《ね》

召《めし》を纏《まと》っているのみ――ある覚悟が感じられた。灯の入ったぼんぼり行燈《あんどん》に薄衣が半分掛けられ、幻想的な雰囲気だ。

「こちらでお待ちしておりました」

お雪の震える声が耳を打った。蚊帳を透かし見ると、既に恥ずかしさも、処女の硬さも捨て去った、毅然《きぜん》とした潔《いさぎよ》さが視て取れた。

「蚊帳の中で無防備に横たわるそなたが、それがしに何を望む……とお訊ねするのは野暮か……据え膳を喰わせようという魂胆を伺おう」

お雪は打たれたように眼を見開いて亮之介を見詰めたが、直ぐに瞼を閉じた。みるみる羞恥《しゅうち》の色が頬に散った。

――やがて、消え入りそうな細い声が、

「亮之介様、書状に認《したた》めました通り、私は江戸を去る決意を固めました。その前に……恋い焦がれる貴方様に……、今まで誰にも触れさせなかったこの私の、身も心も、捧げたいのです。操を奪って下さいませ」

まだ立ったまま亮之介は冷然と云い放った。

「操を頂戴するような恩を、貴女に与えては居らぬが……」

「私《わたくし》が隠れキリシタンの、公儀に仇なす者たちの一方の頭領であることは、既に隠しようもありませぬ。けれど、幕府側に貴方のように強いお方が居られては、我等の目的も成就させることは困難かと得心致しました。せめて、江戸を去るこの折にすべてを投げ打って、貴方のお子を、強い男の子を産みたく存じます。せめて、一夜のお情けを……」

必死さが窺えた。お雪は、そう云って、すうっと片膝立てて、寝召の前を滑り落とした。そして、薄水色の二布《ふたの》も――。

一糸まとわぬ、白磁のように白い、ふっくらと肉の満ちた脛から太腿にかけての線が、柔らかな弧を描いて二布の合わせ目へ消えていた。静かに、膝を開く……。

亮之介は、そこから視線を移して、お雪の表情を眺めた。

みだらな表情はさらに刷《は》かれてはいなかった。細い高い鼻梁と形の良い唇に、たおやかな女の優しさと清らかな女性《にょしょう》の気品が湛《たた》えられているばかりである。

「お願いで御座います……お情けを頂けましたなら、その思い出を生きる心の支えとして、私《わたくし》は天草へ戻り、落飾《らくしょく》して、何処かの尼《あま》寺で尼僧《にそう》となって過ごす覚悟で御座います」

「……」

亮之介は蚊帳をはぐると、布団脇に片膝折り、如何にも、白い肌の芳香に酔うたように、

「据え膳を頂戴致そう」

とお雪の瞳を凝視して穏やかに云った。

「恥ずかしゅう御座いますが、いまだ、男子《をのこ》の手に触れては居りませぬ。……どうぞ優しゅう扱って欲しい……」

瞼を閉じて、又身を横たえ乍ら、亮之介に頼んだ。

（処女が、このように落ち着き払って居られるものか……）

亮之介の肚の中で、冷ややかな呟きがあった。

大刀も脇差も夜具の右側に置き、お雪の右側に身を横たえた。

お雪の呼吸が乱れ、亮之介に縋り付いて帯を解き、薄鼠色の絽の着物を剥ぐ。じっとりと蒸す夜気の中で、お雪の肌はひんやりと冷たく、掌にさらさらと触れた。肌の冷たさと裏腹に、九州女の熱さが伝わって来る。

亮之介の右手五指は、お雪の首筋から腕、腹、腰に沿って、撫で擦り乍ら、神経の半ばは、周囲に潜んでいるであろう敵の、吾助の突如の襲撃に備えていた。殺気を探っていた——。

不思議に、こちらの本能となっている六感に触れて来る気配はない。何の怪しさも、物陰には潜んでいないようである。これは、かえって面妖なことなのだ。殺意を消す術を体得しているのか——殺意を放出していない。おそらく吉蔵も、天井裏に潜んでいるであろう。

お雪の、亮之介との間の強い子が欲しいという口上は、そのまま素直に受け取る訳にはいかぬ。過日はあれ程、次の出会いはお互い決死の戦いになるであろうと宣言して別れたのである。必ずや、此方の命を奪おうとの企てがあろうことを亮之介は看破していた。

——周りに伏兵がないとすると？

亮之介は、更に改めて、四囲に冴えた眸《ひとみ》をずぅ～と配ってみてから、よし！　と臍《ほぞ》を決めると、お雪の寝召のしごきを解いた。顕わにされた裸身は、染み一つなく、丘を覆うた初雪の如く、豊かな、厚い起伏を、胸から腹へ、そして芳しい狭間まで、なだらかに伝わせていた。

亮之介は、つと、口をその胸の隆起に寄せて咥え舌を遣った。含んだ乳首は、青い梅の実のように硬かった。……愛撫は、永く続けられるかと思われた。然し、それは、お雪が「ああ！」と官能の疼きに堪えられない声音を洩らしつつ、そろそろと、片手を差し伸べて、敷布団の下に手を突っ込んだ瞬間に終わった。

「旦那ッ危ねぇッ、天井ッ！」

曲者と同じ天井裏に潜む吉蔵からの危険を知らせる叫びが耳を打った。

と同時に、何とも名状《めいじょう》し難《がた》い悲鳴と共に、お雪は全身の筋肉という筋肉をぎゅっと引き締めると、弓のように大きく反り返った。もしや又、再び心の臓の痛みが襲って来たのか――。

亮之介はごろっとお雪の躰から右側へ転がり、脇差の柄を握り、白刃を抜き放った。と、ふわっと黒い影が天上から落ちて来た。蚊帳が外れて潰れた。ゴムまりのように、小太刀を握った吾助の異形が弾んだ。

亮之介は、ぐったりと意識を失ったお雪の白い腹の上へ、ぺっ、と血塗れの噛み千切った乳首を吐き捨てた。蚊帳の外へ抜け出て、抜刀した脇差を右手に吾助を見据えた。お雪を守るように蹲《うずくま》った吾助に云った。

「吾助、折角のお招きであったが、御馳走は喉を通らなんだ。命と引き換えではな。粗相《そそう》のまま失礼する。あとでお雪殿が気付かれたら、謝っておいて頂こう。ご希望に応えられなくて相済まなかったとな」

吾助の窪んだ眼は毒々しい燐光《りんこう》を放って殺意が漲《みなぎ》り、亮之介を睨んでいた。

片膝をつき、吾助に眼を据えたまま、大刀を掴み帯刀した。――やがて。

庵《いおり》から足を踏み出せば、既に闇の深い境内に、二、三基の篝火《かがりび》が赤々と焚《た》かれ、幻想的な雰囲気は尚深かった。黒い闇の中から忽然と吉蔵が現れ、後に続いた。

亮之介の懐手の着流し姿が篝火の明かりを背に受けて、袂をはためかせて去って行った――。

暗闇の中から幾人もの粘るような鋭い視線が追い掛けて見送っているのを、亮之介はその肌にちりちりと感じていた。不気味な、執念深い……殺意の籠った、幾多の鋭い視線であった――。

「旦那、危《あや》うかったですぜ。あの吾助って爺ィが天井裏で旦那の真上に小太刀を握って忍んで居りやしてね、あっしが先に気付いたから良かったものの、間一髪で御座んした」

「うむ、俺にも悟られねえような殺気を消す術を体得していやがる。恐ろしい爺ィだ」

「旦那ぁ、ほんとに据え膳喰う気だったんですかい?」

「毒を喰らわば皿までよ……喰ってたら当たったりしてな。喰わなくて良かった……」

「へっへっへ、代わりにあっしが頂きたかった……」

「莫っ迦野郎……」

気楽な無駄口を叩き乍ら、主従二人の姿が闇の中に消えた。

お雪は、意識が薄れ、地の底へ引き込まれて行くような感覚の中で、矢張り私の霊感は間違ってはいなかった、と確信していた。どれ程辛い、惨い、悲しい境遇に在っても、あの方をお慕い続ける気持ちに変わりはないのだ、と。

お雪は、胸の痛みとともに、意識を蘇らせつつ、おのが霊感の正しさを確認した。あの喜びは、生涯忘れられない……。己の予感通りに不運に遭うたではないか、不運に遭えば遭う程、お雪にとって、亮之介は掛け替えのない男《をのこ》となるのだ。

究極は二人ともに同時に死ぬることだ——。その悲惨さを想う時、わななくような陶然たる気分に浸れる……。お雪は、甘美な、恍惚とした陶酔の中に——、我が身を委ねた——。

第六章　妖術か、幻術か

一

――慶長大判が一杯の金櫃《かねびつ》二個は、御城の奥深く、西の丸下の土蔵の中に厳重な幕閣立ち合いの下に納められた。

その後の閣議に於いて、松平伊豆守が吊るし上げ状態で、老中たちに糾問《きゅうもん》されたことは言うまでもない。伊豆守攻撃の急先鋒、老中脇坂安董《わきさかやすただ》が口火を切った。

「伊豆殿、お手前は床下の金櫃に隠された慶長大判を全く知悉《ちしつ》しておられなかったと仰られるのか」

「如何にも。初代伊豆が、二百年前の一揆討伐の戦利品として隠匿して居ったなど、一切預かり知らぬこと。なれど、疑念を拭えず、身の潔白を証明するためなら、如何なるお調べにも応ずる用意は御座る所存ゆえ、何なりと申し付け下さりませ。逃げも隠れも致しませぬ」

松平伊豆守は、正々堂々胸を張って云い放った。

堀田正篤《ほったまさひろ》が舌鋒鋭く切り込んだ。

「伊豆殿、そうは抗弁なされるが、もしやこの慶長大判が床下から発見されねば、我等幕閣の誰一人として気付かなんだ。その場合に如何にせんと思召すのか？　その御存念を承りたい」

「知らぬものは知らぬもの。それでも尚、疑念あらば、奏者番頭《そうじゃばんがしら》と勘定奉行の職を辞して、蟄居仕《ちっきょつかまつ》り申す」

「いやいや、それ程の御覚悟なれば、何も申すことは御座らぬ。天晴《あっぱれ》なるお心構え、感服仕り申した。ご公儀金蔵に納められた今、各々方、如何思召す」

温和な土井利位《どいとしつら》のとりなしであった。筆頭老中水野忠邦《みずのただくに》が口を挟んだ。

「然し伊豆殿、聞けば、隠れキリシタンどもの的違いの襲撃は、止む気配が御座らぬ。如何ご対処する御所存かな」

「はっ、幸いと申しますか、そちらの大草殿が真壁亮之介と申す手練《てだ》れの同心を、それがしの警護として御遣い下さり、我が屋敷に詰めていて頂き、大船に乗った心持ちで御座います」

「それは重畳《ちょうじょう》、この上は、御身の安全を一番にご配慮されたら宜しい」

この日の幕閣での閣議は、無事終了した——伊豆守信順《のぶより》には疚《やま》しいところは何一つ無かったが、それでも胸撫で下ろして屋敷への帰途に就いた。勿論、その登下城の折には、お駕籠の脇にぴたりと亮之介が付き添っていたのは言うまでもない。

まだ中天に真夏のお天道がぎらぎらと輝き、時刻は午の刻を回ったばかり。

馬場先御門を渡って左へ折れ、堀沿いに進む二十数人の伊豆守お駕籠の行列に突如、十数人の刺客と思しき集団が襲い掛かった。然し、彼らは町人、百姓、浪人、虚無僧など、その姿形《なり》はてんでんばらばらの形をしている。お行列を見るおのぼりさんの一団を装っていたのだ。百姓、町人たちは皆得物を、丸めた茣蓙《ござ》や風呂敷で包み、一斉に小太刀を抜刀して襲撃して来た。

亮之介が声を張って云い捨て、いつもは着用しない薄茶の羽織の結び目を解き脱ぎ捨て、最前列に躍り出て備前長船を抜き放った。

「お駕籠を守れッ」

刺客集団は皆一様に、軽やかに駆け、飛翔し、その素早いこと山野の獣の如き動きを見せた。成程、いつかお雪が云っていた、『私は幼き頃より、天草の野山を駆け回り、剣術の修行に打ち込んだもンばい』の言葉を裏付ける躰の動き方であった。

故郷へ帰る前にせめてもの手土産に、怨敵《おんてき》伊豆守の首級《しゅきゅう》を挙げようとの固い意志が感じられる攻撃である。先夜、八幡宮水神社にお雪を訪れ、帰り掛けに後ろ姿に浴びた幾多の殺気の正体はこれであったかと、亮之介は悟った。

眼前に躍り来た一人の刃風を身を沈めて避け、頭上を斬った。血飛沫が散り、どさっと地上に落ちて四肢を痙攣させている。

次から次と、まるで蝗《いなご》かバッタのように、飛び撥ね飛翔して来る。このバネ、跳躍力、身の軽さはどんな修練を積んだ賜物《たまもの》なのか？　舌を巻く攻撃だった。袈裟に、胴切りに斬り捨て乍ら、眼は周囲を探った。栗栖雪之丞、吾助の姿を無意識に探していた。

（居ない！）

襲撃は配下に任せ、高見の見物ということか――正直、これだけの人数の刺客団が上府していたとは思わなんだ。油断だった、侮《あなど》っていた。今や、刺客集団は伊豆守の乗る駕籠脇に迫り、一瞬の猶予もない。もしや、伊豆守様を討ち取られたら……警護のお役目を仰せ付かった亮之介としては、負った責務を果たせず面目を失うことになる。

（何としてもお守りせねば……）

この想いが自然と躰を動かした。駕籠に駆け戻り、取り囲む刺客陣を斬り、薙ぎ、突いた。その手練の早業《はやわざ》は、刺客陣を寄せ付けなかった。然し今前面に、五振りの必殺の太刀が取り囲んでいる。亮之介は片膝付いて権門駕籠の扉に口寄せて、

「御前、反対側から外へ出て下されッ」

と叫んだ。

直ぐに逆の戸が開き、伊豆守が駕籠の後ろへ転がり出て立ち上がった。

賊の一人が跳んで駕籠の屋根を蹴り、伊豆守目掛けて斬り掛かった。亮之介も又飛翔し、宙空でそ奴の胴を上下二つに切り離した。伊豆守の立つ側に着地し、背に庇って四囲を睨んだ。

最早彼らに襲撃の勢いは削がれて、互いの顔を見遣って逡巡しているのが見て取れた。彼らの二度、三度を重ねた執拗《しつよう》な襲撃は、又もや失敗したのは明らかであった。誰かの、退《ひ》けッ、

の言葉が退散の合図であった。七、八人の屍を残して、わらわらと散って行った。

亮之介が片膝付いて、伊豆守を仰いで聞いた。「御無事でしたか?」伊豆守の蒼白な顔が頷いた。

「うむ。又そなたに救われたのぅ。済まぬ。礼を申すぞ」

「務めで御座いますれば、何程のことも御座いませぬ。ささ、お駕籠へ」

再び行列を立て直し、松平家までの数丁を歩いた。

道々、亮之介は思った。

（まずは警護の責務を果たせて良かった……まだまだ奴らの襲撃はあるぞ。油断は禁物、気を引き締めて掛ろう）

二

吉蔵の姿が見えない。廻り髪結いの仕事が終わって、商売道具の鬢盥《びんだらい》を玄関上がり框《かまち》に置いたまま姿を消したのだ。もう一刻（二時間）も経つか——?

亮之介はこの日、伊豆守の外出も無く、久方振りの休養を取っていた。

早朝の峻烈な一人稽古を終えて井戸端で冷水を浴び、さっぱりとした気分で、濡れ縁に肘枕で身を横たえ、団扇《うちわ》を使っていた。

「お前様、吉蔵さんに御用でもお言い付けなさいましたか？」

お静の怪訝《けげん》そうな声に振り向いて、のんびりと応えた。

「いや、何も頼んだ覚えはねえぞ」

「可笑しいですねぇ、お昼も頂かないで。あの食いしん坊が……」

「待てよ……？　又お先っ走りで出掛けやがったかな」

亮之介の胸中に不安の雲が沸き起こった。

(もしや、先日の目白通り、八幡宮水神社へ……奴らの巣だ)

その時、からっと格子戸の開く音がして、丈吉の声が響いた。

「旦那ぁ、行って参りやした。伊豆守様は今日一日、何処へもお出掛けになりませぬので、ゆっくりとお休み下さいとのことで……」

松平邸へ御用伺いに出ていた丈吉が帰って来たのだ。

「おぅ丈吉上がってきな。おめえ、吉蔵がどっかへ行くとか聞いてなかったか？　飯も食わずに昼過ぎから姿が見えねぇんだ」

「さぁ、あっしは何も聞いておりやせんぜ。何か心配ごとでも……」

後ろへ端座して神妙に訊く丈吉に向かって、亮之介はごろっと向きを変えて、

「おめえひとっ走り、八幡宮水神社まで様子を見に行っちゃくれめえか。あの野郎、又、一人よがりのお先棒担いで突っ走りやがったのかも知れねぇんだ」

「へい、ようがす。行って参りやしょう」

そう云って、丈吉が立ち上がるかどうか、のその時、格子戸に何かがドンとぶつかる激しい音がした。間を置かず、吉蔵の喘《あえ》ぎ声が聞こえた。

「だ、旦那ぁ、やられたぁッ」

上がり框《かまち》に転がり込む吉蔵の気配がした。

「アニさんッ」、「吉蔵さんッ」、と叫んで丈吉とお静が駆け寄った。

「まぁ、この血ッ、どうしたのッ」

「アニさん、背中をやられたな。誰にだ」

亮之介が立って来て見下ろし、云った。

「お静、水桶と焼酎だ。丈吉、おめえは奉行所へ飛んで、金創医《きんそうい》の順庵って御番医を呼んで来な」

ヘイッ、あいよッ、と離れる二人のあとに座り込んで、切り裂かれた背中の傷を診た。深くはない。が、一尺程の長さの切り傷だった。

「吉ッ、誰にやられた？」

「あの爺ィでさぁ。例の神社へ探りに行ったら、社殿の石段を掃除してたあの爺ィがあっしに気付いて、箒を放り出して物も云わず、あっしに迫って来たんでさぁ。逃げ足なら負けやしねぇと高を括ってたら、あの爺ィの足の早ぇの何のって、直ぐ追い付かれて飛び上がってバッサリ背中を斬られやした。着物だけだと思ったら、血が流れ出て来るのが分かって痛みも出て来たんで、ゾッとしやしてねぇ。何とかここまで辿り着きやした」

青息吐息で懸命に喋る吉蔵を黙らせ、着物を脱がせ、お静が持って来た焼酎を口に含み、切り傷痕に吹き付けた。ヒェ〜ッと悲鳴を上げてのたうつ吉蔵を押さえ付け、

「莫迦《ばか》野郎、無茶をしやがる。何故、俺に云ってから出掛けねぇんだ。で、何か変わった動きはあったのか?」

「へぇ、もう千束屋敷の方はこないだの捕り物以来、変わりはねぇと思ったんで、あっちの八幡宮を探ったんでさぁ。やっぱり信者は、氏子《うじこ》の振りをして集まって来てやすぜ。あすこが新しい隠れキリシタンたちの集会の場になってるみてぇでやすねぇ」

「ふぅ〜ん、とすると、まだ天草へ引き揚げる気配はねぇんだな。よぉ〜し、一丁、こっちから乗り込んでみるか……」

独りごちる亮之介を気遣わし気に見て、吉蔵が云った。

「旦那、あっちにゃぁおっ怖《か》ねぇ爺ィと雪之丞がおりやすぜ。気ィ付けておくんなさいよ」

と、その時、丈吉に背を押されるように、十徳《じっとく》を羽織り、往診箱を手にした医師順庵があたふたと駆け付けて来た。

吉蔵の背の傷を診るや否や、

「これは酷いッ。直ぐに縫おう」と上がり框で手術が始まった。

アイテテテッと歯を食い縛って耐える吉蔵が哀れであった。

「お静、チョイとここに座りな」

玄関脇の吉蔵の部屋まで、お粥《かゆ》と精の付きそうな擦り下ろした山芋汁を持って行って見舞ったお静を呼び止めて云った。

「はい、なんですか？　吉っつぁんの具合は思ったよりイイみたいですよ。今、一本つけますからね」

「いやいや、そうじゃねぇんだ。まぁ、座んな」

「どうしたんですよぉ」

ちょっと不安げに、長火鉢の前に向かい合って横座りで座った。

「妙なことを云うと思うだろうが……お静、俺ぁおめえと一緒になれて、こんなに幸せなことはないといつも思ってる」

お静が切れ長の鈴を張ったような眼を見開いて亮之介を視た。

「何を急に云い出すんですよぉ」

声音に不安な様子がありありと浮かんでいる。

「いやな、俺みてぇな商売をしてると、いつ何時《なんどき》、どんな野郎と斬り合いをしねぇとも限らねぇ。少々の野郎にゃ負ける心算はねえ。俺の方が強きゃいいが、世の中にゃ俺より手強い奴もいるに違ぇねえ。もしもだよ、もしも、そんな奴に出喰わして……俺が敵わなかったら、おめえ一人を残すことになっちまう……」

「嫌ですよぅ。何を云うかと思ったら、そんな不吉な……私は聞きませんからね。そんな話、聞きたくもありませんよ！」

ぷいと横を向いて立ち上がろうとするのを、腕を伸ばして手首を掴み、無理にも傍に座らせた。まだ顔を背《そむ》けるお静を覗き込み、優しい口調で諭すように云った。

「いいか、お静。今、俺の関わっている事件てのぁ、隠れキリシタンの連中相手の難事件なんだ。今日、吉蔵がやられた相手だ。油断のならねえ手練れたちが揃っててなぁ、もし万一、万一だよ、俺も殺《や》られちまうことだって考えられるんだ。そんなことにならねえよう俺も頑張るがな、剣を取って向かい合ったら、あとは運否天賦《うんぷてんぷ》……運に見放されたら、お終《しめ》ぇだ。そうなったら……」

「嫌、嫌ッ、嫌ですよぅ」

両耳を塞いで肩を左右に揺すり、その後、亮之介の胸にしがみ付いて来た。

「お前様〜」

見上げるその瞳は涙に濡れていた。亮之介がその華奢《きゃしゃ》な両肩を抱き寄せ、頬を押し付けて耳元で囁いた。

「今宵、そいつらの巣窟《そうくつ》へ乗り込むが、まぁ、安心して待ってな。いいかい、おめえ一人残して逝くなんてこたぁねえよ。負け惜しみじゃねえぞッ、分かったな、俺を信じて待ってるんだ。

な、お静」

ええ、ええ、と頷き、尚も縋り付くお静が愛おしかった。

三

夜、五つ（午後八時）を回った時刻に、丈吉を供に八丁堀を出た。昼日中の炎熱は影を潜め、まだ蒸し暑さは残るが、時々吹く風が心地良い。月もおぼろに路上を照らして、二人の影を長く引き摺っている。

目指すは八幡宮水神社――亮之介の胸中には、秘めた覚悟が在った。決着を付けるのだ、雌《し》雄《ゆう》を決するのだ、との覚悟である。

丈吉の提灯の明かりの先導で、神社の鳥居を潜り、境内へ――。

先日のお雪の招きで訪れた時と同様、境内には篝火《かがりび》が二、三基焚かれ、何処からか、びょうびょうと笛の音が吹き渡り、幽玄な寂寥感《せきりょうかん》が漂っている。おそらく、お雪の吹く笛だろう――。

社殿の奥に進み、あの庵《いおり》へ向かう。裏へ周り枝折戸《しおりど》を開けると、濡れ縁に月明かりを浴びて、横座りに膝を崩した姿勢で、お雪が笛を吹いていた。

その白魚《しらうお》のように長い華奢《きゃしゃ》な指が笛の穴を塞ぎ、流麗な節が天空に渡って行く。ふと、指が止まり、音が止まり、その見目麗しい白い相貌がこちらを振り向いた。お雪が笛を置き、すぅ

～と立ち上がった。

「亮之介様、最期のお目もじで御座いますね。嬉しゅう御座います。明日にもこちらから伺う心算で居りました」

お雪の声音は冷たく、嬉しいと云い乍ら今や、いささかの感情をも動揺させない女に変貌していた。

亮之介の神経が冴えた。気配を感じたのでもなければ、殺気を浴びたわけでもないが、無数の死地を潜り抜けた者だけが備えている本能の働きが、亮之介の身内にあったのである。

――来るぞ！　亮之介が囁いた。

と、背後の暗闇の中から、吾助を先頭に、四、五人の男の姿が出現した。皆、手には月明かりに反射して禍々《まがまが》しく輝く、抜き放った小太刀を握っている。

吾助がお雪に近付いて、嬢様、としわがれ声で云って、小太刀を手渡した。お雪はそれを当然の如く受け取って、すぅ～と鞘を払って鞘は投げ捨てた。

途端に――。雲間から射す月明の中にびぃんと殺意が張り詰めた。

亮之介も迷うことなく、愛刀備前長船《びぜんおさふね》を抜き放った。そして唇の端で丈吉に云った。

「丈吉、離れていろ、遠くへな」

へぇ、と応えて、そっと丈吉が後ずさりして離れて行った。

ゴォ～ン、と五つ半（午後九時）を報せる梵鐘が鳴り始めた。それを合図のように、五本の白刃が刃鳴りを立てて飛び交い始めた。

始め、の合図も、掛かれッ、の気合も何もなかった。静寂の中から突然、それは始まったのだ。二百年前から伝え継がれた古流と云っていいのか、一間の高さを跳ぶ速影と、低く身を沈めた男たちの黒い姿が、およそ六尺を隔てた空間に、稲妻のように跳び交い白刃が煌めき、息も継がせず亮之介を襲ってくる。

丁度、雲が掛かり、月明かりを消して、あやめも分かぬ暗闇で跳躍して来たので、飛び越える頭数《あたまかず》は定かではなかったが、一人一人が異常の修練を積んだ強者《つわもの》であった。二、三本の切っ先が、薄い紗《しゃ》の着物を裂き、亮之介の肌を掠《かす》った。チリッとした痛みの後に、血が流れるのを悟った。

――(ここが俺の終焉《しゅうえん》の場所か)と、亮之介はそう覚悟して闘った。

備前長船が前後左右に電光の速さで閃いた。敵が斬られ、斃れる音が耳に響いた。絶命の呻き、叫び、喘ぎが辺りを支配した。

――――。

矢継ぎ早の襲撃が止んだ、と思ったら、のっそりと、小さな奇形が前に立った。吾助だ。

雲が流れ、再び月明かりが射した。額と頬骨が異常に突き出し、太い眉毛。その下に落ち窪んだ金壺眼《かなつぼまなこ》が睨み、乱杭歯がニタリと笑って、切っ先が天を指す直立上段に構えた。地の底から湧き出るようなしわがれ声が聞こえた。

「嬢様の前に、わしを斃してみろ！」

「おぅさ。楽しみだな」

そうは云ったが、亮之介は既に、肩に、胸に、四肢に受けた刀傷が疼いていた。深傷《ふかで》ではなかったが、流した血汐が躰を痺れさせていた。

――二つの陰は凝固したように動かない。

亮之介の地摺り下段の構えと、天に向かって直立する吾助の剣――。

暗闇の中に互いを意識して、時も空気の流れも止まった如く――。

およそ、一流と称される兵法者の立ち合いが、固着の対峙を無限に永く続くかと思わせる程、いずれからも斬り込まずに持続される――それは精神的な破綻によって勝負が決することはまず無い。

均衡が破れるのは、肉体の消耗差が見えた刹那だ。そしてそれは、天地を一間の間合いに凝集した真空状態から、突如として躍り出る一瞬一颯《いっそう》によって決定される――。

亮之介の躰が一刹那揺れた。見るや吾助の躰がバネ仕掛けの如くに跳ね飛んだ。

――宙空に白刃の電撃が奔った。

手応えあり！　血飛沫が散った！

飛翔の術も、龍飛の剣を破ることは叶わなかった。吾助の奇形体が地に墜ち、視力の薄れてゆく眸子《ぼうし》を、木漏れの月影へ送り乍ら、最期の喘ぎを続けている。

その眼はカッと瞠《みひら》かれて、尚、己の敗北が信じられないように宙を睨んでいた。剣の技量に差があって斬り捨てられたのは、自明《じめい》の理《り》であろう——。

「爺ぃッ！」

悲痛な叫びが濡れ縁から聞こえた。吾助の、嬢様、と呼ぶ言葉が途中で途絶え息が止った。

縁側の奥座敷に灯る行燈の光を背に、黒い影が立ち上がった。

眼を遣れば、お雪が小太刀を手に提げて蹌踉《そうろう》と縁を踏んで、一歩、二歩と庭へ降りて来た。然しその相貌には、何か喜悦の表情が見て取れる。

亮之介に凝然と眼を据え、やおら、胸の前に左手の中指、人差し指、親指を立てて、口中で何やらぶつぶつと唱え始めた。亮之介は既に、桶町千葉道場でこの結果魅入られたように脱力してしまった門弟たちを見ている。

この妖術というか、幻術というか……惑わされてはならぬ。

亮之介は半眼を閉じ、無欲無心、赤心の如く——の境地に己を追い込んだ。二信無き義によって、事を断ずる決意をしたのだ。

呪文の合間に次第に間合いが狭まり、撃尺《げきしゃく》の間に及んだ。

突如、肺腑《はいふ》を抉《えぐ》る気合が辺りの空気を震わせた。

「イエ〜イッ！」

お雪の躰が宙を舞った。

燃え立つような緋縮緬《ひぢりめん》の長襦袢も、白綸子《りんず》の二布《ふたの》をも剥き拡げた華麗なる飛翔であった。宙空で白刃が噛み合った。

到底肉眼には映し得ぬ五体と剣との一如の動きであった。両者の余りの迅業《はやわざ》に、お雪の相打ち狙いの剣捌きを見た。

(俺と一緒に死ぬ心算か!)

肉を切らせて骨を断つ――共に死のうというのか――。

然し、俺は死なぬ! 俺の刀は殺人剣ではない、斬らねば斬られるから、斬るまでのこと!

刹那――。

亮之介の五体が翻《ひるがえ》るのに、お雪はあっとなって飛び退ろうとしたが、電光の迅さで白刃が宙を奔り切っ先の冷たい触感を頸根に覚えるや、地に崩れ落ちた。

亮之介が、その柔らかな躰を抱き抱えた。お雪は悦びの戦慄に躰を震わせた。

「亮之介さまぁ」

その声は甘えるようにも媚びるようにも聞こえた。亮之介が鳶《とび》色の眸を覗き込むように視て耳元に囁いた。

「生きてさえいれば、幸せは向こうからやって来る。見捨てぬものだぜ」

その言葉を聞くか聞かずか、お雪は亮之介の刀持つ手首を握り、己の頸に突き刺した。鮮血がひと筋、淡い月明の中に散った。

引き抜こうとする亮之介の手をしっかと両手で押さえ、眸を覗き見乍ら恍惚と呟いた。

「雪は 幸せ……でした……」

亮之介に抱き抱えられたまま、お雪の躰から力が抜けて行った――。

切っ先をお雪の頸から引き抜くと同時に、亮之介も思わず、がくっと片膝付き、躰中から張り詰めた力が抜けて行くのを覚えた。

父の切腹で涙して以来、初めて二度目の涙が我知らず流れ落ちていた。

「終わったぁ～」

この万感の思いのひと言が、唇を衝いて発せられた。涙は流れるままに任せた。

丈吉が駆け寄り、旦那ッ、と、両肩を支えて覗き込んだ。

「終わりやしたねぇ、手強《てごわ》い相手で御座んしたねぇ」

涙ぐむ丈吉の気持ちが分かるから、亮之介も、うんうん、と頷いて漸く立ち上がった。一、二歩よろめくのを、丈吉に支えられ、この惨劇の場を後にした。

又雲間から覗いた青白い月明かりが、去りゆく二人の陰を追った。

四

顔をしかめて手当する金創医、順庵が呟いた。

「まぁ、わしも色々怪我人を診ますが、このように数多く刃物で切られて、生き永らえて居る患者というのは初めてで御座いますぞ、真壁殿」

「俺ぁ悪運が強ぇんだよ、先生。これまでも、その運だけが頼りで生き永らえて来たんだ」

「御冗談を！　はい、これで一応お手当は済みました。この上は滋養のあるものを頂いて体力を回復して下さいませ。御内儀《おないぎ》、お頼み申しましたぞ」

水桶で手を洗い乍ら、順庵が柔和な表情を崩して云った。

「あちらの吉蔵さんの方は、もう暫くで御座いまするなぁ。この家にはお二人も刀傷の患者が居られて、お奉行所のお勤めも危のう御座いますなぁ。はい、お大事に。御免下さりませ」

老齢のお番医が、よっこらしょ、と腰を屈めて帰って行った。見送って戻ったお静が、いみじくも云った。

「お前様、私は、昨日、お前様がお出掛けになった後、お仏壇の前に座ってお数珠を握って、ずぅ～とお願いしてたんですよ。どうか、御無事でありますように……ってね。願いが通じたんですねぇ。良かったたぁ」

心から安堵したように、表情が輝いていた。

亮之介が一寸意地悪に揶揄《からか》った。

「もし万一、俺が帰《けぇ》って来なかったら、オメエどうした？」

途端にお静の顔が強張り、柳眉が逆立った。

「私も武士の妻です。身の処し方は存じて居る積もりで御座います」

「冗談、冗談だ。そんなおっ怖《か》ねぇ顔をするなよぉ、お静ちゃ～ん」

「莫迦ッ」

涙の滲《にじ》んだ顔を横に背《そむ》けた。

「御免御免。オメエも急に家ン中に怪我人二人抱えちまって、介抱が大変だろうが、宜しく頼むわなぁ。三、四日は大人しく療養する積もりだ」

裏庭の油蝉の鳴き声が喧《やかま》しかった。真夏のお天道が中天にぎらついていた。


四日後、昼下がり――久方振りに北町の大門を潜った。直ぐに中間の忠助が駆け付け、嬉し気に腰を折った。

「真壁様、御快癒おめでとう御座います。もうお加減は随分とお宜しいので？」

「おぅ忠助、それがまだあちこちチクチク痛みやがってなぁ。御快癒とはいかねぇんだ。お奉行は御城から戻られたか？」

「はい、先程。お取次ぎ致しましょう」

右手に備前長船を提げ、長い廊下を歩く。

蝉しぐれが喧しいくらいだ。

忠助が、奉行高好の居室の前の廊下に跪き、亮之介の来意を告げた。

「殿様、真壁様が御目通り願い出ております」

開け放った部屋の中から磊落《らいらく》な声が迎えた。

「おぅ、参ったか。さ、入れ入れ」

小腰を屈めて入室すると、そこには相変わらずの高好の姿があった。正装から麻の単衣に着替えて、襟元を拡げ、胡坐《あぐら》を掻いた股ぐらに団扇《うちわ》でせわし気に風を送る姿は、何事にも気取らぬ開けっ広げな奉行だった。

「今年は又一段と暑さも厳しいのぅ。どうじゃ亮之介、怪我の案配は？」

「はっ、思ったよりも順調に傷も回復しております」

「うむ。それは重畳《ちょうじょう》。それより、喜べ亮之介、一昨日、伊豆守様より、家名を守り、警護のお役目を感謝されて、金一封、百両の報奨金が下賜されておるぞ。閣議の席で、御老中の方々の面前で頭を下げられてのぅ、わしも鼻が高かった」

と云って、床の間の飾り引き出しから、紫の袱紗に包まれた金子百両を亮之介の前に滑らせて置いた。

「いえ、それがしは御言い付け通り、お役目を忠実に実行したまで。過分に過ぎまする」

「遠慮致すな。これぐらい当然の礼じゃ。ご自分の命はもそっと高い筈、安く見積ったものよ」

「御前、それは余りに……過大評価に御座いまする。いえ、それがしへの礼がで御座いますぞ」

「わっはっはっは、その方のお陰で、公儀に弓引く隠れキリシタンの奴ばらも退治出来、尚、慶長大判などという思わぬ拾い物も出て、幕閣としてはおぬしへの感謝が足りぬくらいじゃ。亮之介、でかしたのぅ！」

股ぐらを仰ぐ団扇を、亮之介に向けて風を送り、天井向いて高笑いした。

「わっはっはっは……」

亮之介も遂、そのおおらかさに苦笑せざるを得なかった。

――、江戸市中某所、ひと筋の夕べの漏れ陽を浴びた立像――金無垢のマリア像が、燦然《さんぜん》と光り輝いていた。鼠どもが走り回る中に、その姿は神々しく、悠久の輝きを放っていた――。

――了――

あとがき

一年ぶりの書下ろし時代小説です。昨年（二〇二三）は、三月に『酔いどれ探偵 倉嶋竜次』を、九月には『ウーマン・ハント』を上梓し、時代劇は二年ぶりなのです。時代小説作家、時代劇俳優と言われてきた私にとっては、ちょっとストレスの溜まる二年間でした。そして今回、満を持して『魔性の女剣士』の出版です。

前作の『天下大乱の刻』は、皆様ご存知の〈大塩平八郎の乱〉がヒントでした。天保八年（一八三七）、摂津国・大坂で勃発した凶作飢饉にあえぐ民衆の一揆でした。もしも本編の主人公・真壁亮之介が平八郎の養子・格之進に瓜二つだったら、もしも大坂の一揆残党が大坂から江戸まで逃亡し隠れ、再びこの江戸という幕府お膝元で再び一揆を起こそうと虎視眈々と狙い決起したら……、そんな閃きや発想から想像力を巡らし、ストーリーを創造しました。肝心の歴史的事実は間違いのないようピシッと押さえ、あとは想像の赴くままに物語が発展、パソコンの指が跳ね叩きました。主人公が自由自在に跳びまわり、江戸の街を駆け巡りました。

今回は、大塩の乱より二百年前の寛永十四年（一六三七）に、肥前・島原藩と肥後・天草の農民が蜂起し勃発した「島原・天草一揆」にヒントを得て、ストーリーを創造しました。キリシタン大名の小西行長や大友宗麟、細川ガラシャほか、誰もが知る有名人が登場します。そこから、史実を踏み外さず、血湧き肉躍るストーリーを書き上げられるか？　こんなこともあるだろうと、誰も見たことがない遥か昔の江戸時代の物語ですから、想像力は誰に憚ることなく飛び跳ねました。そして、『魔性の女剣士』という時代小説が脱稿したのです。

元々、私は俳優として六十三年もこの業界で生きてきました。その経験が物語に躍動感を与えてくれます。登場人物になりきって、喋り、動き、剣を振るって戦い、映像を想い描きながら執筆しました。読者の皆様にも同じ光景が見えたらよいのですが……。

実は、私の原作を脚本化し、私自身が映画監督としてデビューするという企画が持ち上がり、進行中です。年を取っても、そのエネルギーや意気込みはとどまるところを知りません。既に次の時代小説も執筆し始めました。挑戦し続けるのです。生きた証を残すために……。

世は人生百年時代……、まだまだ頑張れます。映画を、そして次回の作品をご期待ください。ご愛読いただき、ありがとうございました。

令和六年長月（九月）吉日

工藤堅太郎　拝

著者　工藤 堅太郎（くどう けんたろう）

神奈川県横浜市出身、俳優座附属俳優養成所11期卒業。

1962年、大映撮影所と契約。TVドラマ「夕日と拳銃」で主役デビュー。その後「風と樹と空と」「日本任侠伝・灰神楽三太郎」「土曜日の虎」「五番目の刑事」「ご存知遠山の金さん」「ミラーマン」など、映画では『柳生一族の陰謀』『戦国自衛隊』など、時代物・現代物ジャンルを問わず何百本と出演。芸歴63年を超す。

著書に、自叙伝『役者ひとすじ』『続・役者ひとすじ』（ともに風詠社）、時代小説『斬り捨て御免』『正義一剣』『修羅の如く』『葵の若様 腕貸し稼業』（ともに祥伝社）、『天下大乱の刻』『酔いどれ探偵 倉嶋竜次』『ウーマン・ハント』（ともに風詠社）がある。

暴れ同心 真壁亮之介2 魔性の女剣士

2024年11月14日　第1刷発行

著　者　　工藤堅太郎

発行人　　大杉　剛
発行所　　株式会社 風詠社
〒553-0001 大阪市福島区海老江5-2-2 大拓ビル5 - 7階
TEL 06（6136）8657 https://fueisha.com/
発売元　　株式会社 星雲社（共同出版社・流通責任出版社）
〒112-0005 東京都文京区水道1-3-30
TEL 03（3868）3275
装　幀　　2DAY
印刷・製本　シナノ印刷株式会社

ISBN978-4-434-34904-1 C0093

芸歴 60 余年の役者**工藤堅太郎**

が描いた**痛快時代小説！**

定価 1, 320 円（本体 1, 200 円＋税）

大塩平八郎の乱で生存が不明だった格之進が、隠密廻り同心の亮之介とそっくりだったら……、そんな想像から生まれた物語。命を吹き込まれた登場人物たちの躍動感と息もつかせぬ展開に、いつしか筆者の創造した迫力ある世界に引き込まれていく。**「暴れ同心　真壁亮之介」シリーズ１作目！**